楊照談
谷崎潤一郎

陰翳的日本美

楊照
著

日本文學名家十講
02

目次

總序　用文學探究「日本是什麼」 7
前言　還原谷崎崇尚古典的深沉面目 19
第一章　谷崎潤一郎的創作背景 23
從《細雪》的關西腔談起 23
谷崎版的《新新譯源氏物語》 27
關西腔、女性與奇情 30
「物語」與女性傳統 34
對抗自然主義 37
文壇風波與「讓妻事件」 40
居無定所的人生 43

從關東到關西，從明治維新到大正民主 46
軍國主義下的文字干預 49
川端康成的「餘生意識」與日本之美 52
不呼應任何時代的作家 55
閱讀經典作品的態度 58

第二章 《細雪》中的陰柔與曖昧 63

三譯《源氏物語》後的啟發 63
「谷崎式」女郎 66
《細雪》書名的來由 70
「曖昧」的日本之美 73
日本傳統的陰翳之美 76
關東與關西的歷史糾結 81
江戶的町人文化 84
合作又競爭的「京阪神」 88
失去國都的關西人 90

武士道精神 93
「迴向東方」的騷動 96
皇道派與統制派 99
一場失敗的騷動 103
《細雪》留下的空白 106
《細雪》中大阪家族的設定 110
《細雪》的潛文本 112

第三章　谷崎潤一郎的「和文體」 117

從《源氏物語》看日本語言 117
「和文體」與「漢文體」 121
語言中的「聲音」性質 124
古日文語感的《源氏物語》 127
《細雪》的「和文體」展現 130
貝多芬與舒伯特的對比 134
話語中的性別特色 137

刻意被拉長的句子 140
關於《細雪》的中譯本 144
陰翳角落裡的雪子 148
從聳動到感動的創作改變 153

第四章 「陰翳觀」的寫作試驗 157

創作歷程的轉捩點 157
取材生活經驗的《貓與庄造與兩個女人》 160
被送走的貓 162
《少將滋幹之母》的後設性質 166
虛實交雜的偽筆記 169
少將滋幹身分的揭露 173
《夢浮橋》的起點與終點 179
「陰翳」關係的深刻凝視 182
從「奇情」到「陰翳」 185

第五章　獨一無二的京都精神　189
消失中的京都精神　189
清水寺的和服體驗團　192
古老與永恆的差異　195
蔦屋書店與誠品書店　198
日式庭院的藝術　202
拒絕米其林推薦的京都老店　205
女性獨有的京都精神　209
谷崎潤一郎年表　213

總序
用文學探究「日本是什麼」

文／楊照

就像吉朋（Edward Gibbon）在羅馬古蹟廢墟間，黃昏時刻聽到附近修道院傳來的晚禱聲，而起心動念要寫《羅馬帝國衰亡史》，我也是在一個清楚記得的時刻，有了寫這樣一套解讀日本現代經典小說作家作品的想法。

時間是二〇一七年的春天，地點是京都清涼寺雨聲淅瀝的庭園裡。不過會坐在庭園廊下百感交集，前面有一段稍微曲折的過程。

那是在我長期主持節目的「台中古典音樂台」邀約下，我帶了一群台中的朋友去京都賞櫻。按照我排的行程，這一天去嵐山和嵯峨野，從龍安寺開始，然後一路到竹林道、大河內山莊、野宮神社、常寂光寺、二尊院，最後走到清涼寺。然而從出門我就心情緊繃，因為天公不作美，下起雨來，氣溫陡降，而且有幾個團員前天晚上逛街走了很多路，明顯腳力不濟。我平常習慣自己在京都遊逛，合理的做法應該是改變行程，例如改去有很多塔頭的妙心寺或東福寺，可以不必一直撐傘走路，密集拜訪多個不同院落，中午還可以在寺裡吃精進料理，舒舒服服坐著看雨、聽雨。但配合我、協助我的領隊林桑告訴我帶團沒有這種隨機調整空間，我們給團員的行程表等於是合約，沒有照行程走就是違約，即使當場所有的團員都同意更改，也無法確保回台灣後不會有人去觀光局投訴，那麼林桑他們旅行社可就吃不完兜著走了。

好吧，只好在天候條件最差的情況下走這一天大部分都在戶外的行程。下午到常寂光寺時，我知道有一、兩位團員其實體力接近極限，只是盡量優雅地保持正常的外表。這不是我心目中應該要提供心靈豐富美好經驗的旅遊，使我心情沮喪。更糟的是再往下走，到了門口才知道二尊院因為有重要法事，這一天臨時不對遊客開放。在當時的情況下，這意味著本來可以稍微躲雨休息的機會被取消了，別無辦法，大家只好拖著又冷又疲累的身子繼續走向清涼寺。

清涼寺不是觀光重點，我們去到時更是完全沒有其他訪客。也許是驚訝於這種天氣還有人來到寺裡拜觀吧？連住持都出來招呼我們。我們脫下了鞋走上木頭階梯，幾乎每個人都留下了溼答答的腳印，因為連鞋子裡的襪子也不可能是乾的。住持趕緊要人找來了好多毛巾，讓我們入寺之前可以先踩踏將腳弄乾。過程中，住持知道我們遠從台灣來，明顯地更意外且感動了。

入寺內在蒲團上坐下來後，住持原本要為我們介紹，但我擔心在沒有暖氣仍然極度陰寒的空間裡，住持說一句領隊還要翻譯一句，不管住持講多久都必須耗費近乎加倍的時間，對大家反而是折磨。我只好很失禮地請領隊跟住持說，由我用中文來對團員介紹即可。住持很寬容地接受了，但接著他就很好奇我這位領隊口中的「せんせい」會對他的寺廟做出什麼樣的「修學說明」。

我對團員簡介清涼寺時，住持就在旁邊，央求領隊將我說的內容大致翻譯給他聽，說老實話，壓力很大啊！我盡量保持一貫的方式，先說文殊菩薩仁慈賜予「清涼石」的故事，解釋「清涼寺」寺名由來，接著提及五台山清涼寺相傳是清朝順治皇帝出家的地方，是金庸小說《鹿鼎記》中的重要場景，再聯繫到《源氏物語》中光源氏的「嵯峨野御堂」就在今天清涼寺之處。然後告訴大家這是一座淨土宗寺院，所以本堂的布置明顯和臨濟禪宗寺院很不一樣，而這座寺廟最難能寶貴的是有著絹絲材質製造、象徵內臟的木雕佛像，相傳是從中國浮海而來的。最後我順口說了，寺院只有本堂開放參觀，很遺憾我多次到此造訪，從來不曾看過裡面的庭園。

說完了，讓團員自行拜觀，住持前來向我再三道謝，竟然對於清涼寺了解得如此準確；接著轉而向我再三致歉，我一時不知道他如此懇切道歉的原因，靠領隊居中協助，才弄清楚了，住持的意思是讓我抱持多年的遺憾，他今天一定要予以補償，所以找了人要為我們打開往庭園的內門，並且準備拖鞋，破例讓我們參觀庭園。

於是，我看著原未預期能看到的素雅庭園，知道了如此細密修整的地方從來沒打算要對外客開放，那樣的景致突然透出了一份神祕的精神特質。這美不是為了讓人觀賞的，不是提供人享受的手段，其自身就是目的，寺裡的人多少年來，幾十年甚至幾百年，日復一日毫不懈怠地打掃、修剪、維護，他們服務的不是前來觀賞庭園的人，而是庭園之美自身，以及人和美之間的一種敬謹的關係。那一絲不苟的敬意既是修行，同時又構成了另一種心靈之美。

坐在被微雨水氣籠罩的廊下，心裡有一種不真實感。為什麼我這樣一個台灣人，能在日本受到尊重，取得特權進入凝視、感受著這座庭園？為什麼我真的可以感覺到庭園裡的形與色，動中之靜、靜中之動，直接觸動我，對我說話？我如何走到這一步，成為這個奇特經驗的感受主體？

在那當下，我想起了最早教我認識日語、閱讀日文，卻自己一輩子沒有到過日本的父親。我想起了三十年前在美國遇到的岩崎春子教授，彷彿又看到了她那經常閃現不信任、懷疑的眼神，在我身上掃出複雜的反應。

我在哈佛大學上岩崎老師的高級日文閱讀課，是她遇到的第一個台灣研究生。我跟她的互動既親近又緊張。親近是因她很早就對我另眼看待，課堂上她最早給我們的教材都立即被我看出來處。一段來自村上春樹的《聽風的歌》，另一段來自海明威《在我們的時代》小說集的日文翻譯。她要我們將教材翻譯成英文，我帶點惡作劇意味地將海明威的原文抄了上去。她有點惱怒地在課堂上點名問我，剛發下來的幾段還有我能辨別出處的嗎？不巧，一段是川端康成的掌上小說，另一段是吉行淳之介的極短篇，又被我認出來了。

從此之後岩崎老師當然就認得我了，不時和我在教室走廊或大樓的咖啡廳說說聊聊。她很意外一個從台灣來的學生讀過那麼多日文小說，但另一方面，她又總不免表現出一種不可置信的態度，認為以我一個台灣人的身分，就算讀了，也不可能真正理解這些日本小說。

每次和岩崎老師談話我都會不自主地緊繃著。沒辦法，對於必須在她面前費力地證明自己，就是令我備感壓力。她明知道我來修這門課，是為了不要耗費時間在低年級日語的聽說練習上，我的日語會話能力和我的日文閱讀能力有很大的落差，但她還是不時會嘲笑我的日語，特別喜歡說：「你講的是台灣話而不是日語吧！」因此我會盡量避免在她面前說太多日語，但又堅持用英語與她討論許多日本現代作家與作品。

她不是故意的，但是一個台灣學生在她面前侃侃而談日本文學，往往還是讓她無法接受。愈是感覺到她的這種態度，我就愈是覺得自己不能放鬆、不能輸，這不是我自己的事了，對她來說，我就代表台灣，我必須替台灣爭一口氣，改變她認為台灣人不可能進入幽微深邃日本文學心靈世界的看法。

那一年間，我們談了很多。每次談話都像是變相的考試或競賽。她會刻意提一位知名的作家，我相對提出我讀過的這位作家作品，然後她像是教學般解說這部作品，我卻刻意地鑽找縫隙，非得說出和她不同，卻要能說服她接受的意見。

這麼多年後回想起來，都還是覺得好累，在寒風裡從記憶中引發了汗意。不過我明白了，是那一年的經驗，在日本殖民史的曲折延長線上，我得以培養了這樣接近日本文化的能力。我不想浪費殖民歷史在我父親身上留下，再傳給我的日文能力，更重要的，我拒絕因為台灣人的身分，而被視為在日本文化吸收體會上，必然是次等的、膚淺的。

於是那一刻，我得到了這樣的念頭，要透過小說作家及作品，來探究日本，如此之美，卻又蘊含如此暴烈力量，同時還曾發動侵略戰爭的複雜國度。這不是一個單純的「外國」，而是盤旋在台灣歷史上空超過百年，幽靈般的存在，一直到今天，台灣都還依照看待日本的不同態度而劃分著不同的族群、世代與政治立場。

在清涼寺中，彷彿聽到自己內心的如此召喚：「來吧，來將那一行行的文字，一個個角色，一幕幕情節，一段段靈光閃耀的體認，整理出意義來吧。不見得能得到『日本是什麼』的答案，但至少得以整理出如何叩問『日本如何進入台灣集體意識』的途徑吧。」我知道，毋寧是我相信，我曾經付出的工夫，讓我有這麼一點能力可以承擔這樣的任務。

回到台北之後，我從兩個方向有系統地以行動呼應內在的召喚。一是和麥田出版合作，選書主編了「幡」書系，那是帶著清楚的日本近代文學史概念，針對台灣引介日本文學作品的混亂偏食狀況，特別找出具備有日本近代文學史上的思想、理論代表性的作品，希望讓讀者在閱讀中藉此逐漸鋪畫出日本文學的歷史地圖。

另外，先後在「誠品講堂」和「藝集講堂」連續開設解讀現代日本小說作品的課程。必須誠實地說，我對台灣一般流通的現代日本小說譯本，以及大部分國人所寫的解說，不得不抱持保留態度。最嚴重的問題顯現在：第一，完全不顧作品的時代、社會背景，將小說架空地用自己主觀的心情來閱讀。最誇張的，例如翻譯、解說遠藤周作小說，可以對基督教神學完全無知，也不去查對《聖經》和天主教會固定譯名，而出於自己望文生義臆測。這樣一來，讀者讀到的怎麼可能還是虔信中與信仰掙扎的遠藤周作作品呢？

第二，翻譯者、解說者無法察覺自己的知識或感性敏銳度，和原作者到底有多大的差異。這在川端康成的作品中表現得最明顯，光從字面上去翻譯、閱讀，不能找到方式試圖進入從極度纖細神經中傳遞出來的時序與情懷交錯境界，那就錯失了川端康成文學能帶給我們的最重要感動了。

第三，讀者囿於一些通俗的標籤，產生了想當然耳，而非認真細究的閱讀印象。例如台灣有一陣子突然流行太宰治的「失格」、「敗類」文學；一陣子又轉而流行谷崎潤一郎的「奇情」文學，但對於「失格」或「奇情」到底是什麼意思沒有認識，對於太宰治與谷崎潤一郎的完整文學風貌也沒有進一步的興趣。如此讀來讀去，都只停留在感受「失格」或「奇情」而已，無從讓太宰治或谷崎潤一郎的作品豐富讀者自身的人生感知。

在「誠品講堂」與「藝集講堂」的課程中，我有意識地採取了一種思想史的方式來面對這些作家與作品。簡而言之，我將每一本經典小說都看作是這位多思多感的作家，在自己所處的時代中遭遇了問題或困惑，因而提出來的答案。我一方面將這本小說放回他一生前後的處境來比對，另一方面提供當時日本社會、時代脈絡來進一步探詢那原始的問題或困惑。如此我們不只看到、知道了作者寫了什麼、表現了什麼，還可以從他為什麼寫以及如何表現的人生、社會、文學抉擇，受到更深刻的刺激與啟發。

另外我極度看重小說寫作上的原創性，必定要找出一位經典作家獨特的聲音與風格。要綜觀作家大部分的主要作品，整理排列其變化軌跡，才能找出那條貫串的主體關懷，將各部小說視為這主體關懷或終極關懷的某種探測、某種注解。

在解讀中，我還盡量維持作品的中心地位，意思是小心避免喧賓奪主，以堆積許多外圍材料、高深的說法為滿足。解讀必須始終依附於作品存在，作品是第一序、首要的，目的是藉由解讀，讓讀者對更多作品產生好奇，並取得閱讀吸收的信心，從而在小說裡得到更廣遠或更深湛的收穫。

我企圖呈現從日本近代小說成形到當今的變化發展，考慮自己進行思想史式探究可能面臨的障礙，最後選擇了十位生平、創作能夠涵蓋這時期，而且我還有把握自己有能力進入他們感官、心靈世界的重要作家，組構起相對完整的日本現代小說系列課程。

這十位小說家，依照時代先後分別是：夏目漱石、谷崎潤一郎、芥川龍之介、川端康成、太宰治、三島由紀夫、遠藤周作、大江健三郎、宮本輝和村上春樹。

這套書就是以這組課程授課內容整理而成的，每位作者我有把握能解讀的作品多寡不一，因而成書的篇幅也相應會有頗大的差距。川端康成和村上春樹兩本篇幅最大，其次是三島由紀夫，當然這也清楚反映了我自己文學品味上的偏倚所在。

雖然每本書有一位主題作家，但論及時代與社會背景，乃至作家間互動關係，難免有些內容在各書間必須重複出現，還請通讀全套解讀的讀者包涵。另外因為源自課堂講授，有些延伸的討論或戲說，我還是保留在書裡，乍看下似乎無關主旨，然而在認識日本精神的總目標上，或是對比台灣今天的文學現象，應該還是有其一定的參考價值。

從十五歲因閱讀《山之音》而有了認真學習日文、深入日本文學的動機開始，超過四十年時間浸淫其間，得此十冊套書，藉以作為台灣從殖民到後殖民，甚至是超越殖民而多元建構自身文化的一段歷史見證。

前言
還原谷崎崇尚古典的深沉面目

文／楊照

我從二〇〇九年開始，在台中古典音樂電台和台北Bravo 91.3電台主持一個叫做「閱讀音樂」的節目。十多年間，節目型態有過幾次改變，最近幾年每週節目中基本上播放我選擇的古典音樂曲目，另外朗讀介紹文學經典。因而我得以有很特別的機會，用最有耐心的方式不只是一段一段閱讀《源氏物語》，而且思考小說中的內容可以、應該搭配什麼樣的音樂。

當然不可能讓每一段朗讀的內容都和樂曲有關聯，但我盡量去體會想像聽眾隨著語言進入故事的悠遠意境後，會如何影響在抽象音樂中所領受的；或是倒過來，剛聽完一段音樂，將如何微妙地改變了聽眾對於《源氏物語》情節或場景的認知。

每個星期只朗讀幾頁內容，等於是讓小說中的時間，和我閱讀的時間比例放寬、放慢了。如此產生的效果極為神奇，和之前在一個月內讀完林文月的中文譯本，或花了幾個月和瀨戶內寂聽現代日語譯本纏鬥的感受完全不一樣。我終於能夠閒散地漫步進入那樣一個獨特的物語世界，不只是耐心弄清楚了每個人物和源氏間的關係，還理解並深深認同紫式部選擇說故事的方式，選擇何處簡省，何處囉嗦多語的道理。

連帶地，我有了對谷崎潤一郎《細雪》很不一樣的全新閱讀體會。通過《源氏物語》的那個世界，我清楚意識到自己才總算完成了從市川崑唯美鏡頭畫面的《細雪》過渡到谷崎潤一郎以「和文體」創造的那個《細雪》情境，電影和小說其實多麼不同！

這對我來說是一個很有成就感的進階提升，刺激我比較全面地去閱讀並思考谷崎潤一郎的作品。在我的認知標準中，思考的態度與單純閱讀的態度最大的不同之處在於：第一，必須放下從文學或美學上的好惡判斷；第二，必須將作品與作者的人生旅程、時代變化進行匹配對照，順理出創作前後的軌跡。

從閱讀欣賞轉至思考探究，在看待谷崎潤一郎作品時格外重要。誠實地說，谷崎潤一郎許多「奇情」作品一直無法激起我的興趣，不只和我的基本美學信念有很大差距，而且總覺得稍微進行小說技法上的分析，就能找到許多破綻與疏漏。也因而我對於中文出版以他的「奇情」為賣點，實在無法苟同。

用讀「奇情」小說尋求刺激的方式，絕對無法讀《細雪》；沒有讀過、讀進《細雪》，又絕對不能算是認識、了解了身為小說家的谷崎潤一郎。具備了一點《源氏物語》古典配備之後，我鼓起勇氣來，產生了一個自我課題，我要盡可能地說明《細雪》和谷崎潤一郎其他作品關鍵差異之處，並且解釋為什麼會有如此巨大差異形成的理由；更進一步，我希望得以藉由我的導讀，將谷崎潤一郎從那樣粗俗的「奇情」形象中解放、解救出來，還他一個崇敬日本古典含蓄陰翳之美的深沉面目。

聚焦《細雪》來了解谷崎潤一郎，無可避免必然涉及日本關東與關西的對比，當然會提到全世界我最熟悉又最珍愛的兩座城市之一——京都，因而在「誠品講堂」授課時難免多說了一些京都美學與《細雪》間的關係，乃至於再多說了一些從京都經驗而來的感慨。這本書的內容主要脫胎於那次「誠品講堂．現代經典細讀」的五堂課程，整理改寫時經過一番考量掙扎，最後還是決定保留了一部分看似題外話的內容，但我希望讀者在通讀全書之後，應該會同意那不完全是無關的閒聊跑野馬，而是換一種方式，讓大家可以從當前現實生活中和平安朝、《源氏物語》、「陰翳美學」能夠有所扣搭。

第一章
谷崎潤一郎的創作背景

從《細雪》的關西腔談起

谷崎潤一郎最有名的作品，是長篇小說《細雪》。這是一部很難透過影視改編，甚至很難透過翻譯來欣賞的作品。對於無法以原文來閱讀的經典著作，我一貫的方式、一貫的建議，是盡量多蒐集不同語言、不同版本的譯本。沒有任何一部譯本是完美的，然而如果有三、四個中文譯本，也許再加上一個英文譯本，各個譯者不同的理解、不同的強調，拼湊起來，足可以讓我們趨近作者原本文字中所要表達的理性與感性內容。

不過《細雪》有另外一項特殊的障礙——谷崎潤一郎刻意在小說中，尤其是對話上，加入了日本關西腔。小說中四姊妹每一次開口說話，動不動就夾帶關西腔特有的「哼嗯」。這很麻煩，因為真的沒辦法翻譯。聽起來就是個語詞，但在關西腔的日語中，卻絕對不是沒有意義的，在不同的上下文間，這麼一聲「哼嗯」可以表達出很多不一樣的意思。可以是驚訝、感慨、同意、反對、質疑、猶豫等等。常常，句子裡最重要的語意不是用任何字詞說出來的，而是靠「哼嗯」含蓄表示。

「哼嗯」的意思存在於對話的人之間，其溝通方式既依賴兩人（或更多人）之間的默契，有時甚至依賴彼此的隔閡。話到底說了沒，端視對方如何接收這細微複雜的「哼嗯」。活在那樣語言情境裡的人立即能體會其中的細微複雜，但離開了那個情境，「哼嗯」就失去了作用。

還有，《細雪》不只在聲音上用了「關西腔」，字句的文法也是「關西腔」

的。有些中文介紹會提到谷崎潤一郎不太用標點符號，寫出來的句子很長，其實那就是沿用、模仿「關西腔」說話連綿不斷的風格而來的。

一直到今天京都人連說最基本的「謝謝」都習慣說「おおきに」而不是我們一般用的「ありがとう」，去京都你如果說出「おおきに」一般都會得到特別親切的笑容對待。東京人也都對關西腔格外敏感，一方面覺得有點古舊、有點落伍，但另一方面又帶著華麗貴族的氣息。

因為關西腔源自「上方」，天皇所居所在之處，最特別、最麻煩的是關西腔中繁複的敬語，講究到連語氣上升下降都有等級差異。這絕對是在歷史沉澱累積的貴族生活中才可能形成的。從兩百多年掌握實際權力的江戶幕府看來，那當然帶有高度裝腔作勢的表演性質，所以他們一方面覺得虛偽做作，但另一方面又不免對之帶著些敬畏羨慕的態度。

對比於關西腔，江戶文化自認比較直接、比較真誠，但又必須承認、接受關西腔比較古雅，因而構成了很複雜的語言權力關係。

我能夠以日文閱讀大部分的日本近代文學作品，然而遇上了「關西腔」可就只能投降。因為我從十五歲開始，和我父親學日語，自己都不知道自己學到的是日本戰前的九州腔。後來多學了一本日本殖民史才知道，日治時期來到台灣的日本人，很大比例是從最南方、最靠近台灣，同時也是在日本相對比較邊緣的九州來的。他們有較大的動機離鄉背井來到殖民地台灣。在日本，他們是邊緣地帶，比本州、關東、關西人都矮一截的日本人，一旦移居到台灣，就變成了壓在台灣人身上，高人一等的殖民者。所以在總督府和教育機構裡都有很多九州人，九州腔因而在台灣極為流行。

大學二年級的時候，我去上謝豐地正枝老師的日語課，有一次被老師叫到念課文，我還沒念完，平日總是如此優雅莊重的豐地老師竟然在講台上忍不住掩口一直笑。我當然很尷尬，但老師好像比我更尷尬。她不斷向我道歉，不得不解釋她會笑是因為看到我明明是個年輕學生，卻滿口戰前的九州腔，應該是她上一輩的歐里桑才會有的腔調啊！太不協調了，以致使得沒有心理準備的她大笑出聲。

所以真沒辦法，我學到的日語，在日本的語調位階上，幾乎是處於最底層的，而谷崎潤一郎之所以用關西腔寫《細雪》，因為關西腔源自京都，在位階上是最高的。

谷崎版的《新新譯源氏物語》

後來我到了美國哈佛大學，進了由歷史系和東亞系合開的博士班，因而必須依照東亞系的規定，通過日文的檢定。這是哈佛大學東亞系的特殊傳統，不論研究生的領域是日本、中國或韓國，都必須對於日文精通到一定程度才能畢業。理由是在整個東亞研究的範圍內，日本都有非常傑出、不容忽視與錯過的成果，因而要成為這些領域裡稱職的學者，一定要能運用日文書籍、論文，最好也要能和日本同行學者溝通。

我的日文閱讀能力早超過了系裡的要求，但我的日語聽說能力卻遠遠落後。這很麻煩。如果我去考檢定，很可能因為聽說能力不足，而被要求必須去上第二年、甚至第一年的日語課，那會多無聊、多浪費時間啊！

於是我找到了不同的方式，我去申請修第五年的日文課。到了第五年的等級，課程的重點擺在閱讀上，岩崎春子老師給了一篇日文文本，我輕易地就翻譯出來了。交卷時和老師說了幾句話，我還準確地辨認出那一段文字來自村上春樹的第一本小說《聽風的歌》，讓岩崎老師嚇了一跳。

我進了五年級班，只要上完五年級班，也就達成系裡的日文程度要求了。不過真的上了課，我發現自己的預期和現實還是有些出入。第一是，五年級的日文課有一部分的內容是古日文，來自於傳統「物語」的選文，我過去從來沒有接觸過。第二是，讓我痛苦的，雖然不強調會話，但這個班上不時還是得念課文。

班上其他美國同學都是按部就班念上來的，在過程中花了很多時間學習那些對他們來說複雜繁亂得不得了的漢字，包括學習、記下這些漢字的日語發音。我卻沒辦法，我閱讀的時候早就認識所有的漢字，根本不會去管這些漢字在日語中到底怎麼讀，於是當沒有假名注音時，我就只能用猜的去念那些漢字。所以常常被岩崎老師笑：「同學，你念的不是日語啊，比較像台灣話吧！」

不過也許因為這樣，和岩崎老師的關係比較輕鬆。有時在學校咖啡廳或餐廳遇到了也會一起喝咖啡或吃午餐聊聊天。有一次，我心血來潮就問岩崎老師：「我有沒有可能將來靠自修能夠閱讀《源氏物語》？」

岩崎老師很認真看待我的問題。她告訴我：「很難，但不是不可能。」然後她就給了我作業，叫我先去圖書館找《谷崎新新譯源氏物語》，從第一帖讀到第十帖，看看對於那樣的文字有沒有能力讀進去。

所謂的《谷崎新新譯源氏物語》，就是谷崎潤一郎用現代日語翻譯的版本。我讀了一點點，不得不去告訴老師，好難，很多地方我都無法明確知道句子到底在講什麼，甚至無法弄清楚句子的文法結構。

老師看著我指出的段落，她笑了：「啊，難怪，這是關西腔啊！」谷崎潤一郎很自然地用關西腔來翻譯平安朝時發生在京都的《源氏物語》故事與對話。岩崎老師不無遺憾地告知我：像我這樣的外國人，（大概也考慮了我學習日語的態度）應該是一輩子都沒機會進入谷崎這種關西腔的世界了。

那也只好放棄。但如果不懂關西腔，要如何讀《細雪》？一種方式是在閱讀中隨時保持警覺，知道自己透過翻譯讀到的，和谷崎潤一郎真正寫的，有微妙的差距。另一種方式是，費一點工夫先了解關西腔對谷崎有多重要，為什麼要用關西腔來寫這部小說。

關西腔、女性與奇情

谷崎潤一郎寫過一篇文章，對於我們理解他所使用的語言很有幫助。看起來像是一篇隨筆，遊戲之作，漫談大阪與大阪的女人，不過文章中很長一段在講關西腔，這範圍就不限於大阪，而是連京都、神戶等地都包括在內。

體會關西腔特殊之處的一種方式，是對照東京人講的關東腔。他說：東京女人說話，像是三味線的聲音，非常清麗，然而也僅止於乾淨漂亮。所以東京女人說話沒有寬度、沒有厚度，尤其最重要的，沒有黏度。對比下關西腔的特點就是寬度、厚度和黏度。

東京女人要和男人吵架時，用那樣的語言會將話說得很清楚，但也必然很刻薄，因為她們的語言裡沒有「弦外之音」，講什麼就是什麼，沒有言外之意。關西腔不是這樣，說出來的語言中永遠讓人感覺到底下或後面還有沒說出來的。關西腔因而最適合用來講「不能夠或不應該直說的話」。這不只是迂迴，而是會因表達的不同程度，產生不同的意思。

谷崎說：在大阪最奇特的一件事，就是和一般人尋常談話中，都可以談到「性」，即是和女人交談也都可以。那就是因為關西腔帶來的餘韻，講的時候運用言外之意，於是即使談的是「性」，仍然可以不失風雅，不會讓對話者任何一方感到尷尬。

這篇文章點出了關西腔在谷崎心中的地位與作用，尤其是在他小說作品中扮演的關鍵角色。他在意兩性間的身體、欲望關係，所以要找到一種方式能夠具備文學厚度地來描述、來探討「性」，關西腔語言是他刻意選擇的工具。

從大正時代到昭和初期，有一度讀者、評論者對於夏目漱石的小說看法，專注於他如何表現女人，認為他筆下的女人不真實，不是日本社會中現實存在的典型女性人物，她們太大膽，不受世俗人情拘束，透顯出一種解放了的魅力，因而特別吸引男人。

在《三四郎》裡，三四郎被美禰子的形象震撼了，甚至因而重新檢討自己和世俗生活之間的關係，最後卻又挫折地發現自己並不理解美禰子，無法預測、無法了解她為什麼會做出回到「人情」世界裡的決定。

和夏目漱石一樣，谷崎潤一郎也不寫傳統的、典型的日本女性，不寫在世故人情中保守、維持外表禮儀的那種女性。谷崎潤一郎也寫具備特殊野性，有突破傳統能量的女人。

然而和谷崎潤一郎的女性角色相比，那麼夏目漱石的手法，實在是太保守、太膽小了。谷崎潤一郎的女性角色，渾身上下都是欲望，都散放著欲望，對於男人產生了高度誘惑。絕大部分的小說裡，當有兩性互動的情節，幾乎都以女人為主，甚至是由女人主動的。

另外谷崎潤一郎還探入了更禁忌的，兩性欲望上的SM關係，虐待與被虐交錯混雜的言語與行動。而且在這樣的非常態關係中，往往女人是虐待的一方，男人陷入受虐的畸形快感執迷裡。

谷崎潤一郎小說中常見的一個主題，是女人如此狂野、妖豔，相形之下男人被壓縮、矮化為一個被動的欲望追求者。男人能得到的快感，絕對不是征服，如果要征服，就無從接近、無從享受女人的野性之美了。於是男人落入被女人在欲望上壓制的關係中，得到痛苦的快樂。痛苦同時也是最大的快樂，無法在別的地方找得到的快樂，因而他也就當然無法擺脫這份自尋的痛苦。

主體、主動的是女人，然而小說卻又是從男性的角度書寫的，於是一條敘述的主線是男人如何折磨、扭曲自我意識，進而放棄自我，放棄自我才能得到與女人之間的至樂。

「物語」與女性傳統

谷崎為什麼寫這樣的小說？其中一個文學源頭，來自《源氏物語》。

我在美國讀的是《谷崎新新譯源氏物語》，這樣的書名指向了之前另有一部《谷崎譯源氏物語》，才接著有《谷崎新譯源氏物語》，到《新新譯》，已經是第三部改訂重修的版本了。

從第一版到第三版，谷崎在這上面前後花了三十年的時間，將原本平安朝女性所使用的特殊古日語翻譯成現代日文。然而即使是用現代日文翻譯的，谷崎潤一郎的譯本仍然不容易讀。至少對我來說，比瀨戶內晴美（出家後改名瀨戶內寂聽）的版本難得多了。

《源氏物語》的現代日文翻譯改寫，有幾個重要的版本。最早進行嘗試的是與謝野晶子，後來有圓地文子，然後才是瀨戶內晴美。這三位譯者的共同特色——都是女性，自身都有傑出的文學創作成就。假若不算純粹學術性的譯本，目前為止日本一般讀者要讀《源氏物語》會選擇的版本，只有谷崎潤一郎是男性譯者，其他都出於女性作家之手。

不只因為《源氏物語》的作者紫式部是女性，更重要的是其文字與形式在日本都是屬於女性的。平安朝將外來傳入的漢字視為較高級，主要由男性學習，並在官方、公開的場合帶有表演意味地使用。至於以假名拼音形式的書寫，則相對是私人的、家戶內部與親密關係的，因而和女性相稱。

而平安朝的「物語」（ものがたり），是一種特殊的說故事方式，源自於看圖說話，有一張或幾張圖畫放在眼前作為指引、依據，所以稱為「物語」。希臘的史詩源自於盲詩人荷馬，也就是源自於記誦下來的聲音，藉由各種聲音上的特殊安排，讓說書人能記得龐大複雜的故事。「物語」卻是以畫為中心，有的畫粗糙一點，有的精緻一點，聽故事的人圍著畫、看著畫，一邊聽說書人解釋畫中情境與動作。

因而「物語」創造出來的環境，不只是說故事的人和聽故事的人彼此貼近，所有聽故事的人也必然擠在一起。這種特殊形式產生於宮中或大戶人家的女性之間，她們閒暇無事時就聚在一起，由她們之中會畫圖的人畫了圖，會說故事的人看圖說話來提供娛樂。

「物語」有著女性淵源與女性傳統。有人將日本的「物語」解釋、比擬為「說書」，那就忽略了關鍵的性別差異，中國的「說書」基本上是講給男人聽的故事，而且一般是在公開的空間裡說的，但日本「物語」最早卻是在私密空間裡，大家彼此都認識的情況下，由女人講給女人聽的。

《源氏物語》中的「美人」，值得被愛戀、追求的對象，都是男人。講述的是光源氏及其近旁幾個男人的各種女性情緣。而且其形式是一帖一帖的，每一帖就是一張或幾張圖畫的故事。因為是宮中女性說給其他女性聽的，所以充滿了生活細節，並且清楚反映了封閉貴族環境裡的纖細複雜，來自於平安朝貴族文化爛熟、璀璨的背景。

對抗自然主義

為什麼大男人谷崎潤一郎會對《源氏物語》如此著迷，前後花了三十年時間、三度翻譯這部作品？雖然他開始寫小說的時間早於翻譯《源氏物語》，不能說是《源氏物語》啟發、影響了他寫小說，然而一邊保持小說創作，一邊費心翻譯《源氏物語》，長期維持如此的平行活動，相當程度上說明了谷崎潤一郎是一個什麼樣的小說家，他又都寫了什麼樣的小說。

谷崎潤一郎的文學資歷略晚於夏目漱石，不過兩人同屬「反自然主義」的陣營。「自然主義」帶有高度的舶來性質，是從法國引進的新鮮風格，其作者與讀者基本上都是男性。這樣的作品，保持了和日本傳統的一定距離，甚至以其異於日本傳統的性質產生了對讀者的號召。

夏目漱石、谷崎潤一郎他們開始寫作小說時，「自然主義」在日本文壇是主流，但是「自然主義」強調以遺傳與環境來建構、解釋人物淪落社會底層遭遇，很容易形成公式，很快便面臨創造力枯竭，出現了許多類似的作品。

夏目漱石和谷崎潤一郎都不滿於這種平庸近乎譁眾取寵的文學流行風氣。而谷崎潤一郎比夏目漱石更自覺地反抗自然主義。他從一開始就提出了一種打破自然主義的小說寫作方向，那是「奇情」。

小說不應該像自然主義主張的那樣，寫每一個人在遺傳與環境控制下成長為類似的社會一份子的過程。值得寫在小說中的，應該是一般人不會有，或一般人不敢承認的奇特遭遇與奇特感情。以夏目漱石的美學觀念來比擬的話，那也就是「非人情」，一個人想要離開社會規範的衝動，在追求「非人情」中所得到的經驗與感受。

不過夏目漱石追求的比較是一種全面、普遍的生命態度。谷崎潤一郎則更偏、更奇。他要以小說虛構去挖掘的，是人內在的某種反社會個性，平常潛藏著，連自己都無法察覺，卻被意外的事件逗引出來，才驚訝地發現自己的這一面，必須掙扎處理、安頓這份「奇情」。

谷崎潤一郎迷戀女人的腳，在小說中也多次表現過這種古怪的執迷。這是典型的「奇情」。一般男人習慣用和大家一樣的眼光看女人，看到她的容貌、穿著打扮，看到她的身材而產生不同程度的情欲衝動，然而其中有人卻長了「奇情」之眼，最吸引他注意的是女人的雙腳，對於腳的注意與欣賞，超過一切。他甚至不只是欣賞女人的腳，而且特定的腳的形狀之美，會在他心中引發狂喜，在那一瞬間其重要性似乎超越了世界上一切事物。

對於腳的迷戀只是一種表現的手段，真正重要的是「奇情」，谷崎潤一郎熱中於挖掘各式各樣的人間怪奇經驗、怪奇欲望。

文壇風波與「讓妻事件」

一九二七年，谷崎潤一郎和當時新興的小說家芥川龍之介曾有過一場論戰。起源於芥川龍之介的挑釁，寫了一篇文章討論「不可取的小說」。什麼樣的小說是「不可取」的？也就是小說不能怎麼寫？他提出了一條標準是「以情節為主的小說」。

芥川龍之介不客氣地以當時已經成名的谷崎潤一郎為例，認為谷崎小說中填塞了太多怪奇的情節，以至於讀者都只被情節吸引，小說就無法乘載其他的訊息，無法傳遞更深刻的思想或感動了。

很明顯地，到這個時候，「奇情」成了谷崎潤一郎的特色了，他具備了「奇情派」宗師的地位，才會引來芥川龍之介的指名批判。谷崎不只是小說中有很多「奇情」內容，甚至連他對外揭露的真實人生經歷，都充滿了「奇情」遭遇。

在他的感情與婚姻上，簡直就像是從夏目漱石的《此後》、《門》小說裡托化出來的角色。甚至看起來像是他刻意將自己活成了本來應該只會在小說中出現的人物。

《此後》小說中的女主角叫三千代，而谷崎潤一郎的第一任妻子叫千代。千代嫁給谷崎之後，谷崎卻迷戀上了千代的妹妹，也就是小姨子聖子。和小姨子發展曖昧關係時，當然就忽略、冷落了妻子千代。這時候經常進出谷崎家的一位學弟、好友，也是日本文學史上的重要作家——佐藤春夫，由同情千代，進而愛上了千代。

佐藤春夫因而和自己的妻子離婚，然後正式去請求谷崎潤一郎將千代讓給他，谷崎也答應了。不過谷崎先答應，後來又反悔了，導致佐藤春夫憤而與他絕交，這件事因而傳了出去，成為轟動日本文壇的「讓妻事件」。

佐藤是詩人、文評家，一九二〇年曾經到過台灣訪問。他寫過的一首詩一直到今天都是日本學生受教育過程中一定讀過的。那首詩標題是〈秋刀魚之歌〉，小津安二郎的經典名片《秋刀魚的滋味》，就是從這首詩而來的連結。

詩裡說：秋刀魚啊秋刀魚，滋味是苦鹹的，在放著秋刀魚的餐桌邊，一個即將被拋棄的女人，和一個已經被妻子背離的男人圍坐著吃苦鹹的秋刀魚。還有缺乏父愛的女兒，帶著笨拙自己用筷子試圖挑魚腸，不敢麻煩那個連叫「爸爸」都令人覺得緊張尷尬的男人。

一般的底層人家圍坐著吃秋刀魚，帶有特殊的儀式性，幫小孩挑魚腸是表達疼愛的基本方式，這首詩選擇了這個場景來表現內在家庭的愛已經消失了的悲哀狀態。

谷崎潤一郎和佐藤春夫絕交了兩、三年，兩人又復交了，並且加上千代，以三個人的名義在報紙上刊登了公開啟事，宣告谷崎與千代正式離婚，千代成了佐藤的新妻子。佐藤娶了千代之後，兩人還有了另一個小孩。

和夏目漱石的小說內容相比，搶了好友妻子的佐藤春夫可以不需要有縈繞在心排解不掉的罪惡感。因為離婚後不久，谷崎很快就迎娶了第二任妻子，又在第二任妻子剛進門沒多久，就開始追求後來成為他第三任妻子的女人。

居無定所的人生

谷崎潤一郎和夏目漱石一樣，在現實中都深受神經衰弱問題所苦，對很多感官的刺激會有過度敏銳的反應。

谷崎潤一郎經常有輕微的幻覺，他會躺在床上突然覺得有地震，卻無法確認到底是真實還是自己的幻覺。夏目漱石也曾寫過類似的幻覺困擾，不過他在一九一六年就去世了，谷崎潤一郎卻活過了一九二三年的關東大地震。

大地震發生時，谷崎坐在往箱根去的巴士上，巴士一邊行駛，卻竟然都還能感受土地、道路的搖晃，真是不可思議的大地震。巴士緊急停了下來，大部分的乘客都要衝出去，但司機突然堅持要再往前開，開了一段路，才開門讓乘客下車，谷崎和其他人一起下了車，回頭一看，巴士原先停車的地方，有一顆大石頭砸了下來，他們險險逃過一劫，在地震中保存了性命。

原本就最害怕地震，又有了如此驚險的浩劫餘生經驗，谷崎潤一郎立即決定離開關東。先去了大阪，接著換到神戶，又在京都住過一段時期。京都現在還保留著谷崎的故居可以參觀，叫做「潺湲亭」，另外在神戶也有一個谷崎故居可以參觀。

不過就算你這兩處故居都去參觀過了，也別向人炫耀，因為從谷崎一生的經歷來看，他住過的地方前前後後有將近四十個！生活中不斷搬家，在任何地方都待不久，光是一九二三年移居關西之後，陸陸續續搬了將近二十次，所以光是在「京阪神」地區，就有將近二十個谷崎的故居。

他一輩子無法安分定居，甚至到死了之後都還無法安分定居。谷崎之墓在京都的法然院，從銀閣寺沿著哲學之道走，到了一座橋頭往左轉走上坡，很容易就可以到達法然院。然後要費一點事，找到一顆墓石，上面刻著一個「寂」字，谷崎潤一郎就葬在底下。

然而同樣的，去過法然院看谷崎的墓，也不要炫耀。因為你仍不算完整參拜了谷崎死後的遺跡。你還要去到東京，到巢鴨的慈眼寺，谷崎在那裡還有另外一個墓。

他在京都的墓，是為了要和第三任妻子，對他極為重要的松子夫人合葬；然而他的父母卻都葬在東京，所以他的遺體另有一部分就分到東京和父母在一起。

這顯現了谷崎潤一郎奇特的身世背景。對於他的文學，我們不能不凸顯關西腔的重要性，然而他的出身，卻是不折不扣的「江戶之子」。他根本不是關西人，出生、長大於原來的江戶，今天的東京，到一九二三年遇到大地震的驚嚇，才移居到關西去。

江戶主要是作為德川幕府的根據地而在十七世紀之後發展起來的。這個都市和京都有著截然不同的性格，充滿了商業與庶民的活力。相較之下，天皇所在的京都是一座典雅、矜持的皇城，隨時顯現出由不同品味所形成的較高地位。在行文中，谷崎潤一郎還經常保留以「上方」來稱呼京都的習慣，強調這座城市和天皇、和貴族文化間的密切關係。

所以從關東熱鬧的商業環境角度看，以京都為核心的關西最大的特色便是其極致的美，那種美之所以為極致，正因為是沒有用的，也不需要有用。而且在京都、在關西發展出許多象徵性的事物，其意義不是直接呈現的，而是迂曲間接，必須用心體會才能了解。

從關東到關西，從明治維新到大正民主

關西腔不只是聲音腔調，更是不同的語言使用方式。柔美、間接，帶著豐富的暗示與歧異性。

在這方面，日本語言的性格，和中國的情況剛好相反。中國南方的「吳儂軟語」是地方話，地位比不上北方官話，然而官話相對地比較陽剛，沒有什麼轉折餘韻。在日本，有天皇和古老貴族的關西腔，象徵性的地位高於關東。但江戶既是實質的權力中心，又有發達的商業經濟，遠比京都強大。這樣的複雜、曖昧關係充分反映在谷崎潤一郎及其作品上。

關於關東與關西的恩怨情仇，大概沒有人能掌握、表現得比谷崎潤一郎更好。

他在關東出生、成長，壯年之後移居關西，轉而徹底認同關西。不過他對關西的認同，畢竟還是在原先的關東出身基礎上，有意識比較之後所做的選擇，和一般關西人很不一樣。

一般出身於大阪、京都的人，反而寫不出谷崎潤一郎這種關西腔和關西風格。戰後大阪發展出自身的特殊文學傳統，一路到宮本輝為其光榮高峰，不過這種真正大阪人寫的作品中，不會有谷崎潤一郎那種要去除、拋棄關東標準來擁抱關西文化的強烈態度。

谷崎潤一郎出生於一八八六年，到一九六五年，七十九歲時去世。在他那一代算是很長壽。夏目漱石沒有活過五十歲，芥川龍之介在一九二七年和谷崎論戰，隨後就在同一年自殺身亡，當時才三十五歲。

日本近代傑出的作家，有很多是彗星型的。夏目漱石真正創作小說的時間，只有十年左右。太宰治多次自殺，最後一次成功時，也才三十九歲。至於三島由紀夫，更是在壯年以既驚人又像鬧劇般的切腹自殺終結生命，結束他旋風般的明星作家生涯。

相較於這些人，谷崎活了很久，跨越了不同時代。他活過的七十九年，是日本快速變化，簡直停不下來的七十九年，以至於他所經歷的七十九年，比大部分人的同等時間要更複雜，複雜到近乎錯亂。

他出生在明治維新全力開動的時期，接著在青年期親歷了「大正民主」。相較之下，夏目漱石在明治天皇去世後，只多活了四年，是不折不扣的「明治時代國民作家」，谷崎潤一郎則在大正時期獲得了重要的變化轉折動力。

日本的「大正民主」經常被拿來和第一次世界大戰後德國的「威瑪共和」相提並論。兩者類似之處在於社會陷入巨大的困惑中，各種相異甚至衝突的主張以激烈的熱情被提出、被試驗，導致呈現出讓很多人擔心害怕的失序狀況，轉而刺激了法西斯軍國主義以統一新秩序為號召而興起。

「威瑪共和」是個神經質的時代，其中重要的代表性人物如社會學家韋伯（Max Weber）一生中便經歷了兩次嚴重的精神崩潰。那樣一種集體性的陰鬱神經質，源自於現代文化，或說現代性帶來的巨大衝擊。

軍國主義下的文字干預

「大正民主」也帶有高度的神經質，不過如果和「威瑪共和」相較，那麼倒是帶有一點鬧劇的意味。谷崎潤一郎在日本文壇崛起，受惠於比他大七歲的前輩永井荷風的推薦。而他們兩人第一次見面，是在一個稱為「牧神之會」的場合。

那是當時東京文藝圈最受矚目、最高端的沙龍活動，以希臘神話中的「牧神」為典故，結合了音樂、美術、文學，卻又同時指向牧神所代表的高度情欲衝動。德布西（Claude Debussy）的《牧神之午後》管弦樂前奏曲就特別顯現了那樣一種既纖細又帶有色情意味的特殊風格。

「牧神之會」的地點在東京大川端，那是隅田川邊高級料亭與新興西餐廳匯集之處。他們將餐廳布置成歐洲式的沙龍，在裡面一邊喝葡萄酒，一邊高談闊論未來藝術的走向。

「牧神之會」每次必然浮現的討論主題是，如何在持續變動的環境中跟上時代。相關聯的，那也就必須要能探測、預知環境會朝哪個方向變動。不能光是看日本，因為主導潮流的是歐美，要在日本活在潮流尖端，眼光必須看向歐美。明確地顯現出對於西方流行事物的飢渴。

而且不再是明治時代那種積極追趕西方的心情，更為進取地設想要如何和西方同步，參與西方的藝術創造潮流。

谷崎參與了那個時代，然而又活超過了那個時代。相對地芥川龍之介是這個時代最輝煌的代表，進入「昭和」之後短短兩年多，芥川龍之介就離開人間了。谷崎卻又經歷了軍國主義、經歷了大戰，一直活著、持續寫作，到日本戰敗無條件投降之後。

戰爭氣氛中，谷崎曾經兩度因寫作而惹禍上身。第一次，說來不可思議，他是因為翻譯《源氏物語》而出了問題。在軍國主義抬高天皇信仰的情況下，竟然連《源氏物語》的故事都成了禁忌。《源氏物語》開頭的核心情節，是男主角源氏和他父親的侍妾藤壺有了不倫關係，還生下了一個兒子。源氏的父親就是當時的天皇。日本軍部認為這樣的故事侮辱了天皇，谷崎偏偏要用現代語翻譯《源氏物語》讓更多人來讀，用心惡毒！

第二次，也仍然說來不可思議，小說《細雪》又惹來了軍部的干預。原先在一九四四年要出版《細雪》，卻遭到軍部下令查禁。這部小說裡能有什麼犯禁忌的內容呢？不都是在描寫一個大阪家庭裡的生活瑣事嗎？而且其中還大部分是女人家生活的細節，怎麼會觸犯軍部或戰爭的禁忌？

不是因為谷崎在《細雪》中寫了什麼，毋寧是因為他沒寫什麼。他沒有在小說中放進和愛國、和戰爭中提振民心有關的內容。小說中這一家人的生活就是太平常、太正常了，在戰爭的氛圍下讀來，顯得他們過得那麼舒適奢侈，沒有為了戰爭而犧牲享受。

因為這樣的理由被查禁，一直到戰爭結束後，《細雪》才得以完整出版。

川端康成的「餘生意識」與日本之美

谷崎潤一郎活過了戰爭，進入戰後，仍然持續創作。戰後一段時間中，他和川端康成同為帶有古典日本美的代表性現代作家。

不過在對待古典日本這件事上，其實谷崎和川端兩個人有著很不一樣的態度。川端康成活過了大戰，產生了非常強烈的「餘生意識」。在弔念知友橫光利一（一九四七年去世）的文章中，他明白地說「從此便是餘生」。自己經歷了這些，竟然還活著，從此之後的每一天都是多活的，所以應該要有特殊的意義。

他所選擇的餘生意義，是在戰敗的極端恥辱中，努力說服自己、說服世人，日本還有繼續存在下去的價值。那當然不可能在現實中去合理化發動戰爭又遭遇慘敗的這個日本，然而川端康成知道、認識另一個日本，那是創造出獨一無二文明美學的傳統日本。

一九六八年，川端康成成為第一位獲頒諾貝爾文學獎的日本作家，受獎時他發表了題為「日本之美與我」的講辭，刻意凸顯、強調自己就是「日本之美」的代表，肯定他的文學成就，便是肯定傳統的「日本之美」。雖然他的作品讀來如此溫和，但是在創作意念上，他其實有著激烈昂揚的一面。他要為日本找到一種方法向世界宣告：在戰爭的極端情境下，日本終究沒有被毀滅，這樣的決定是對的。

這不只是激烈的態度，也是高貴的追求。戰後的川端康成，有意識地改寫了自己之前的文學生涯。最重要的，是他盡量淡化自己過去受到西洋的影響。其實，他崛起於「大正民主」時代，曾經是「新感覺派」的核心人物，也是《新思潮》雜誌的骨幹份子，又從法國引進了「掌上小說」成為他的招牌成就，哪一項不是和西洋文學文化潮流息息相關！

然而在「餘生意識」作用下，他轉而表現出：如果在我身上有任何值得被肯定之處，那都是來自日本的傳統，是日本傳統之美形塑了我。以他的文學成就來支撐起日本傳統的價值。

雖然一直都有川端康成之死並非自殺之說，不過在得到諾貝爾文學獎不久之後，他和妻子一起自殺身亡這件事，可以明白地從「餘生意識」角度來解釋。他苟活「餘生」就是為了向世人證明「日本之美」的普遍價值，提供日本這個國家在戰後仍然可以存在下去的理由，那麼一九六八年，他完成了這個任務，也就不需要繼續堅持「餘生」了。

說來悲哀，一九六八年的諾貝爾文學獎抬高了日本，卻害死了兩位最傑出的日本作家。一位是曾經最積極爭取西方肯定，一度看起來和諾貝爾文學獎最為接近的三島由紀夫。在聽聞川端康成得獎後，三島當然了解他自己沒有機會了。一直帶有生命青春瞬間美感態度的三島，很難面對青春消逝的中老年生活，勉強撐著他的，很大一部分是期待諾貝爾文學獎至高榮耀的想望。想望落空了，於是他轉而安排自己戲劇性如同櫻花盛開時豔美凋落的死亡，在寫完《豐饒之海》的那一天切腹自殺了。

川端康成擔任了三島由紀夫治喪委員會的主任委員，經歷了三島的喪禮，他也很快失去了繼續應付名聲帶來的繁雜事務的動機。諾貝爾文學獎證明他已經完成了向世界宣揚日本之美的餘生任務，於是他也自殺了。

不呼應任何時代的作家

在短時間內爆發高度創作力，從日本紅到歐美去的三島由紀夫，當然是彗星式的。雖然川端康成活到七十二歲，不過他在戰後的文學活動，也是彗星式的。他要盡快地燃燒，希望在有限的時間裡，能夠完成「餘生」的任務。在強烈使命感驅策下，他的作品雖表面陰柔，仍然有著一根帶有類似武士道力量的骨幹存在著。

在這方面，谷崎潤一郎表現得最不一樣。他一路一直寫，到晚年還寫了《瘋癲老人日記》，更重要的，走過那麼多不同的時代，他的作品卻和每一個時代都沒有直接、密切的勾連。

我們很難在谷崎潤一郎的作品中讀出時代。這不是對他的批判，而是凸顯他了不起的成就。其他的日本近現代作家，從夏目漱石以降，都是屬於某個特定時代，反映那個時代社會的作家，唯有谷崎潤一郎是來自日本文化中的一位日本作家。

他不反映、不呼應任何一個時代。離開他所創作的時代、對那個時代沒有特別的認識，無害於我們閱讀谷崎早期的作品，或是他中期的傑作《細雪》，也同樣無礙於閱讀他晚期的《瘋癲老人日記》。他的作品始終和所產生的時代保持若即若離的關係。

所謂「時代」，和谷崎潤一郎文學的內在精神剛好相反。時代或「時代精神」（Zeitgeist）必然具備強烈的集體性，然而谷崎潤一郎絕大部分的作品卻是聚焦於呈現個人的特殊欲望，那份欲望因為不能見容於集體價值觀，所以是「奇情」的，卻又因此而更加強烈。

在他的小說中，總是要盡量疏離社會集體性，社會集體性被放置在背景，只是陰影般的存在。比較重要的，是跨越不同時代都存在的日本文化制約，以及一種仍然是來自日本文化的特殊發洩、發展「奇情」欲望的方式。

在集體性標準衡量下不能被接受、不應該存在的激情，不會因此就真的從人間現實裡消失。這是谷崎潤一郎小說的基本態度。不被允許，並不等同於不存在，不被允許帶著一份自欺，要求人將眼光移開，不要去看，相信那樣看不到的欲望就等於不存在，就會消失。

谷崎潤一郎卻一直不斷挖掘、呈現這些社會不允許的「奇情」。谷崎寫過公公和媳婦間的情欲關係，川端康成在小說《山之音》中也碰觸過這個禁忌的主題；谷崎寫過老人對女性肉體的欲望，川端康成在小說《睡美人》中也碰觸過這個同樣禁忌的主題，不過對讀他們的作品，可以清楚感受到兩人之間的巨大差異。

川端呈現的除了個人狀態之外，還有現代所帶來的「老化」，傳統被現代逼得退縮到邊緣，近乎要消失了。明治維新中成長的一代，沒有了傳統給予的穩固身分，要如何面對老去這件事？他們連作為一個老人的確實身分依據都沒有了，因而無法抗拒生活周遭洶湧躍動的誘惑。

而谷崎潤一郎始終專注在特殊的個人體驗與個人情緒上。他挖掘、追究的是個人情感如何在一般世俗控制不到之處滋長為「奇情」的模樣。《細雪》小說中很精采的一部分，就在呈現人如何自我欺瞞、同時試圖欺瞞這龐大的人情世故系統，而在欺瞞、躲避人情世故的過程中並不是像西方個人主義環境中形成了自我，毋寧是因而長出扭曲卻迷人的種種「奇情」。

那是具備高度叛逆性的情欲找出自己的路，迸發出來，表現出來。

閱讀經典作品的態度

當我們面對任何作品時，一定要記得作品背後必然有一個作者，作者活在一個特定的時代、特定的社會裡，在那個時代、那個社會，他會遭遇一些特殊的問題或困擾，讓他關心的這些問題、困擾必定會以自覺或不自覺的方式進入、影響他所寫出來的作品。

詮釋、解讀作品時，我會盡量同情想像地進入作者的那個情境，還原他關心的問題與困擾。這是我的基本態度、基本方法。在解釋結構主義時，聽起來我好像是一個結構主義者；解釋存在主義作品時，聽起來我就是一個存在主義者。或許在解釋日本文學作品時，我又好像變身為一個相信日本美學與日本文化中特有生命態度的人。這不是我個人的信仰與立場，而是我選擇對待作品的尊重態度。

面對作品時，尤其是這些經過時代、經過眾多閱讀者反覆閱讀證明其高度價值的經典作品時，最好是先盡量謙卑地將自己放掉，不要用自己既有的價值觀去進行評斷。而是盡量讓作品對你說話，先不要急著用既有的生命經驗去解釋書中的內容。

愈是經典的作品，我反而愈是不希望大家抱持著「親近」的態度去讀。很多解讀者熱中於將經典解釋得好像就是我們鄰居老王會說出的平易近人的想法。然而我卻總認為：如果經典裡的訊息像是隔壁老王會說得出來的，那我們去找隔壁老王不就好了，何必讀經典呢？

相反地，我寧可強調，並且不憚其煩地再三提醒：這些書最特別之處正就在於不是為我們而寫的。這些作者寫書時心裡絕對沒有我們。他是為了自己、為了他所處的時代與社會而寫的。經典的重要性在於，因為歷史上極其難得的偶然因緣，這樣一部作品竟然沒有隨著那個時代、那個社會的消失而消失。必須要有多少近乎不可思議的偶然因素相配合，這樣一本書才得以存留下來，被我們讀到。

換句話說，這本來不是我們應該能擁有、應該能讀到的一本書。那個時代、那個社會、那種特殊經驗與情感穿越時空來到我們這裡。請珍惜這份難能可貴，不要浪費了閱讀經典最重要的體會，不要用自己當代的有限經驗來理解（曲解）經典，不要在閱讀時只想著這樣的內容要如何解決我的問題，和我的生活有什麼樣的關聯。不要那麼急著要求經典和你的當下現實產生關聯。

解讀夏目漱石作品時，我特別強調他的「非人情」關懷與追求。這並不表示我主張大家都應該要去過一種「非人情」的生活，更不表示我在刺激大家於現實中去想辦法擺脫「人情」，自己解決各種困難，達到「非人情」的境界。

我所在意、我所做的，不過是加強介紹，透過經典我們能夠知道、進而理解曾經有人以這種方式思考生命、面對生活。希望能夠刺激現代讀者的，是讓你因而去思考到底什麼是人情世故，我們有可能在人情世故的拘束之外，去建構一個不一樣的世界觀嗎？

不要因為讀到了夏目漱石的「非人情」視角，就急著考慮自己上班時去替同事買便當算不算陷入在「人情」中，是不是應該要拒絕他們代買便當的要求才是對的？重點是我們一般少有機會遇到來自不同時代、不同社會的具體訊息，透過經典我們得以獲得不同的刺激，累積了多次、多重的刺激之後，你會明白人生不必然是現實所給予你的答案，還有更多、更豐富的選擇可能性。

經典不是直接提供我們生活指南，不能、不要讀了一本經典便急著將從經典裡讀到的訊息當作答案，認為得到了一個明確的教訓，要依循這項教訓去調整生活。經典不是這樣用的，閱讀經典的態度不應該如此直接、功利。

第二章　《細雪》中的陰柔與曖昧

三譯《源氏物語》後的啟發

《細雪》小說一開頭便讓我們看到蒔岡家分成「本家」與「蘆屋」。「本家」是由長女鶴子與婿養子辰雄繼承。一般婿養子進門應該是要延續經營家業，有家業卻沒有兒子可以繼承的家庭才會選擇婿養子，然而辰雄進了蒔岡家門後，卻拋棄家業，轉而去銀行工作。

銀行是最現代、最西式的一門行業，於是雖然名分上是「本家」，鶴子與辰雄卻和原先的大阪商人傳統斷絕開來。後來因為銀行工作所需，甚至舉家搬到東京去，連居所都遠離了「本家」的根。

他們到東京去，在小說中明顯帶著流離的性質。小說裡詳細描述了他們找房子的種種曲折，找不到符合原本預期的住所，勉強選了一個太小的房子，抱持著臨時暫居的心情，後來卻也就接受了，長期待在不相稱、不合適的屋子裡過他們的生活。

透過被迫和「本家」一起遷居的雪子，讓我們看到從大阪搬到東京的具體變化。讓他們自己都很意外的一項變化，是到了東京生活竟然可以很省。他們從一個傳統的環境，進入了現代都市，體驗了現代都市的「無名性」，沒有人認識你，沒有人在意你是誰，於是就不需要所有那些維持身分的行頭開銷，也省了所有親友鄰居往來的儀式活動開銷，甚至要如何吃、如何住，也不必達到相當的形式供人探聽，一下子得以省下很多錢。

實質上，「本家」這邊在生活上，就已自行降等了，不再依照原有的身分階級過日子，過著在大阪作為蒔岡家不應該過的生活。雖然名分上是「本家」，但是面對傳統，他們有雙重的背叛。婿養子放棄了家業，然後又在東京放棄了符合家世身分的住所與生活。

小說中對「本家」描述得不多，而是對比顯現蒔岡家在大阪保存下來的傳統。「蘆屋」這邊有三個女人，而小說敘事最主要的中心，放在次女幸子身上。但其實么女妙子最像是谷崎潤一郎會寫的女性角色。她們出身自傳統家庭，但內在性格有著太強烈的熱情，化為無法被傳統規範關鎖住的一份野性，使得她們離開了原本設定好的道路，獨立地展開衝撞跌跤的探尋。

谷崎潤一郎擅於寫一種特別的小說，從男人的觀點看這種帶有野性的獨立女性。她們給男人帶來的是驚訝，甚至驚嚇的感受，然而又產生一種致命的、讓人無法移開眼光、無法轉身離去的吸引力。在《細雪》之前，他在小說裡多次寫過這類的角色、這樣的情感，妙子從這個主題中衍生脫化而來。

但《細雪》在谷崎潤一郎的創作中具有很不一樣的地位。不只是他寫過的作品中篇幅最龐大的一部，而且是他經歷了三次譯寫《源氏物語》之後，終於弄清楚了為什麼如此一部古老、幾百年的書，會吸引在明治維新時代成長，在「大正民主」時代開始寫作的自己，這樣一個理應沉浸在現代環境中的人。

他試圖要藉由《細雪》來整理、解釋《源氏物語》帶給他的衝擊與影響。在此之前的小說是一回事，承認自己被《源氏物語》徹底改造之後，帶著創造、描寫不同的情感動機，谷崎潤一郎去寫出了《細雪》。

「谷崎式」女郎

妙子可以說是很具代表性的「谷崎式」女郎，但在《細雪》中，谷崎潤一郎卻刻意地壓抑用同樣的手法來描述妙子。

關於妙子年輕時闖的禍，如果在谷崎之前的小說裡，一定會成為敘述的焦點，在《細雪》中卻只留了一小段尾巴。妙子十六、七歲時魯莽地和奧畑私奔，充分顯現出她的狂野不羈以及足以惹得男人失去理智的致命吸引力。然而這段情節在小說中只是以帶有喜鬧劇的氣氛帶過，沒有詳細開展鋪陳。小說中讓我們看到的，毋寧是野性已經被收服之後的妙子。

小說中我們見到妙子時，她已經專注在做にんぎょう（人形）了。很有意思的，谷崎潤一郎出生在東京日本橋邊的「人形町」。我生平第一次去日本旅行，在東京誤打誤撞住進了一家商務旅館，安頓之後走出來，才發現旅館所在之地竟是「人形町」。依照我當時的認識，立即在心中浮現了三件事、三個重點。第一是「日本橋」，那是日本現代公路的起點，而且橋頭有一個很有名的銅雕。不過走過去卻發現，日本橋納入在高架道路系統中了，完全凸顯不出地理或歷史上的重點氣勢來。

第二件是：谷崎潤一郎的出生地。不過查看旅遊導覽書，上面沒有任何故居資料，也就不可能有任何觀光旅行上的聯繫。那就只剩下第三件了，想起我的外婆，想起了家中有「人形」的往事，所以一定要到街上去參觀「人形」店。

「人形」是人偶，特別指的是有著華麗衣著，做得維妙維肖，展現出身上頭上豐美妝飾的人偶，不是給小孩玩的娃娃，而是要鄭重其事放進玻璃櫃中，擺放在家中醒目之處的。

記憶中，我小時候有一次被媽媽帶著去她同學的新家，進了門先走了一圈參觀，坐下來我媽就問：「你們家怎麼沒有にんぎょう？」同學回答說にんぎょう留在舊家了沒有帶過來。結束了拜訪，走出門，也不管我懂不懂，媽媽感嘆地對我說：「怎麼會這樣，家裡連にんぎょう也沒有了！」讓我留下非常深刻的印象。

小時候家中真的一直都有「人形」，而且每一座「人形」都是外婆送的禮物，是我媽媽和外婆之間最重要的母女聯繫象徵。對一個出嫁的女兒，母親會慎重其事選擇符合她教養品味與預期的「人形」送過去，而且每隔一段時間，當思念女兒或遇到什麼波折變化，母親就再送一具帶有象徵意義的「人形」過去。女兒也必定在家中好好擺放這些來自母親的「人形」。

當年在「人形町」的確還留有很多「人形」店，古色古香的櫥窗裡展示了各種精巧的「人形」。精巧到讓我回想起小時候常常做的夢，夜裡起來上廁所，經過了擺放「人形」的地方，很自然睡回去之後，就彷彿看到「人形」從玻璃櫃裡走了出來，拖著裙襬在廊上刷刷走著，甚至走進房間，在床旁邊看我睡覺。很奇怪，大概對「人形」太熟悉習慣了吧，即使有這樣的想像或夢，也不覺得害怕。

《細雪》中讓妙子去做「人形」是有高度象徵意義的。然後她又學了洋裁，並且跳傳統舞蹈。妙子和鶴子形成了對比。鶴子是「本家」，卻受到丈夫的影響而遺忘了作為歷史傳承的一個環節，自己身體裡的一份女性美學意識，放棄了對於這份意識的自覺與保守的責任。

相對地，最沒有責任，原先也最沒有責任感的么女妙子，卻在野性將她帶離正軌之後，自我選擇回來了。她的生活更像是「本家」，努力學習、體會種種手藝之美之巧，認真地過日子。

《細雪》書名的來由

《細雪》原文「ささめゆき」，這個書名是很文雅的日文，不是一般口語的，你不會在日本人的日常對話中聽到他們用ささめゆき來形容下雪的狀態或下著的雪。日文中ささめゆき和中文「細雪」兩字有微妙的差距，ささめゆき是出現在和歌裡的古老詞語，讓人聯想起《源氏物語》那樣的時代與那樣的氣氛，而的確《源氏物語》的和歌中就有以ささめゆき當作「季語」（表現季節的語詞）的例子。

ささめゆき形容雪給人的一種vulnerable（柔弱感），隨時可能消逝的感覺，在一種特別的雪天，落著乾燥輕盈又無風靜謐的雪時，會在人心中產生的情緒。

不過，在這部叫做《細雪》ささめゆき的書中，卻沒有任何一場雪景。這是谷崎潤一郎刻意安排的，要讓讀者明白ささめゆき不是用來形容自然天氣現象，而是指書中的「雪子」。從這個角度，事實上谷崎潤一郎正有意識地讓自己寫出不同於西方現代小說的作品。

在西方小說形成的典範中，什麼樣的人是主角、什麼樣的人當配角，有一定的模式，然而谷崎潤一郎有意識地逆反這個模式，選擇了雪子作為核心人物。ささめゆき就凸顯了雪子在小說中的形象——安靜、細緻，卻神祕，似乎總也不知道她在想什麼。小說中對雪子的描述，幾乎都是透過別人的眼睛，呈現、記錄了別人看見的她，尤其最常是姊姊幸子所見到、所感知、有時所困惑的雪子。

《細雪》小說中很有名的一段，是幸子說到每年去賞櫻她都會擔心也許是最後一次和這個妹妹一起賞櫻。從幸子的話中，我們間接體會了雪子身上傳遞出的奇特脆弱、空靈之感，好像她隨時可能消失，即使是和她住在一起的姊姊也無法有把握能抓住她、拉住她。幸子對曾經放蕩惹禍的妙子不會有這種感覺，她也不會對出嫁後不常能見面的大姊鶴子有這種感覺，唯有對雪子如此。

雪子不直接對我們呈露，反而形成了小說的中心。谷崎潤一郎有意識地將《細雪》寫成更接近傳統的「物語」，而不是現代的長篇小說，也就是小說不是建立在戲劇性情節發展上，有一個方向，從這裡到那裡；《細雪》基本上不往前朝向某個戲劇性的結局，某種懸疑的解決，而是繞著圈圈的「無事小說」，講的大部分都是生活上的現象，很散文性的鋪陳表達。

勉強構成小說時間軸的，是雪子的相親、婚姻安排。最接近貫串小說的情節，是雪子如何一次又一次倒楣地相親失敗。要完成女人的婚姻，雪子的坎坷和其他姊妹形成對比。鶴子是招婿養子，幸子是相親成婚，兩個人都是正常地依隨著傳統的方式。而妙子則是傳統的叛逆者，她自己選了對象，和奧畑私奔，有意識地挑戰傳統、離開傳統。

雪子卻卡在中間，她沒有要離開傳統，但傳統卻遲遲解決不了她的婚姻問題，於是她陷在一個奇怪的曖昧中間情境裡，一直在「要結婚」的進行式中，卻一直沒有結婚。處於既非已婚，也非一般未婚，不上不下的尷尬狀態。

谷崎潤一郎以相親作為主要的象徵，諭示他要呈現的「迂迴而曖昧的日本」，來表達他所認識的日本。在從明治維新到大正民主的體驗中，認識了甚至曾經認同了西方式的現代社會，此時卻經由《源氏物語》輾轉回到日本，要在小說中提出他如此淬鍊之後對於日本的看法。

「曖昧」的日本之美

日本最特別的，在於其迂迴不直接，曖昧而不透明，這是日本、日本人和西方現代文化最不同之處。包括「曖昧」，「あいまい」這個詞，對於日本人的自我認識極其重要。

一九九四年，大江健三郎成為第二位獲得諾貝爾文學獎的日本作家，去瑞典領獎時，他刻意發表了標題為「曖昧的日本與我」的演說。這等於是對二十多年前川端康成受獎演說辭「日本之美與我」的一番回應。大江健三郎抗議川端康成所呈現的那樣一個由傳統之美構成的日本，不是真實的日本，甚至不是代表性的日本。對他來說，他要藉此機會呈現給世界的，是日本的「曖昧」，或說是由多重「曖昧」所構成的日本。

日本人是什麼?只要用直接明白的方式表現出來的答案，就不會是真切的。日本永遠都是迂迴不直接，「曖昧」難明的才是日本。

谷崎潤一郎將雪子置放在「曖昧」的情境下，來象徵性地探索、呈現日本。日本是無法說清楚的，甚至就如同雪子一樣，生命中最重要的，愈是重要的就愈是不能說出來，保留在「曖昧」中。

包括：婚姻到底是誰的事?這樣的問題都不會有、不該有明確的答案，存留在「曖昧」中。西方現代社會很明白地主張婚姻是兩個人之間的事，長期的傳統讓中國社會普遍接受婚姻是兩家人之間的事，但這樣的答案對雪子和蒔岡家都不適用。

雪子外表看起來很年輕，然而事實上已經過了應該結婚的年齡了，這在相親時就造成了「曖昧」。過了年紀，所以相親的對象也是因為各種原因已經耽誤了結婚時機的人。不會是這一家的女兒安排去看另一家的兒子，雙方有很穩固的家族關係，在家族關係基礎上進行互動就好了。

有些對象年紀比較大，甚至比姊夫還大，那就要考慮結了婚之後的連襟關係。

有的看起來有過其他不確定的人生風波，不清楚未來會不會成為生活上的變數。因而雪子的婚姻，既非兩個人的事，也不是兩家人之間的事，沒辦法以任何一種明白的規律說清楚。沒有清楚的答案，不斷處於迂迴、曖昧的情況下，以致於必須訴諸於一種完全不一樣的，比較近乎生活上的美學美感標準，來做為權衡。

相親場合經常會有的曖昧是，無法確定到底誰是主角、誰是配角。形式上的主角是這對尋求婚姻的男女，然而正因為要談的是他們的婚姻，他們反而在這場合中絕對不能成為主角。如果他們能當主角，也就不需要相親了。

建議大家可以將張愛玲寫的《傾城之戀》當作補充讀物，看一下小說中如何描述白流蘇第一次和范柳原見面。那是替白流蘇的姪女相親的場合，離了婚回到娘家的姑姑白流蘇以女方的陪客身分前往，沒想到卻在席上吸引了男方范柳原的特別注意。

去相親的女孩絕對不能當場有任何反應，只能在結束回到家後，發洩表達被姑姑搶了風頭的強烈不滿。應該由她當女主角的這個晚上，男主角的眼光卻始終不在她身上。

但相親便是如此，兩個要結婚的人能是主角，就不需要相親了，要由其他人介入弄出一個複雜、曖昧的場面，事情在有沒有、好不好之間，表面和背後交雜，事實和猜測交雜，這是相親的設定、相親的功能。

日本傳統的陰翳之美

小說書名點出ゆき，「雪」，讓我們注意到雪子，她一直是幽微曖昧的存在，透過別人的眼光，我們一方面知道她絕不是一個平板簡單的人，然而另一方面又無法掌握她究竟如何不平板、不簡單。

幸子看到這個妹妹站在庭院裡發呆。她到東京之後瘦了一圈回來。和她去賞櫻時幸子會一直有不祥之感，擔心這是最後一次，明年這個妹妹就不在了。雪子身上有一種特殊的脆弱，來自她的細緻，難以被看穿，無法揭露，那就是ささめ，沒有這份帶有神祕感的ささめ，就不是雪子了。雪子代表了日本文化中的一種特殊之美。

環繞著雪子所發生的事，只能以ささめ的手法來處理，不能打上大強光，一次現形。只要光照到的，光線本身就造成了質變，讓顯影與真實脫節，原有的情緒與情境就消失了。谷崎潤一郎為這樣的特殊美學傳統，還寫了一本小書，書名叫《陰翳禮讚》，能懂得欣賞陰影中的存在之美，才能體會日本傳統的這個部分。

《細雪》在大戰期間連載，被軍部禁止了，到戰爭結束後，谷崎潤一郎才得以將小說寫完出版。堅持在戰爭期間寫這樣的小說，且這樣的小說竟然惹來軍部的注意、反對，似乎顯現了一種詹明信（Fredric Jameson）所分析的「政治無意識（或潛意識）」——political unconscious。

意思是《細雪》內在藏著谷崎潤一郎對於他所經歷昭和時代軍國主義的批判，在無意識層次極其隱密的表現，然而在軍國主義發展到瘋狂極端時，必如鏡像般在潛意識反射出這一面，也正因為軍國主義已經高調到自己都無法理性相信其口號、宣傳，於是軍部也在無意識的層面，不自覺地辨認出這份幽微卻最為致命的抗議、反對，所以他們做出了從表面無法理解的強烈反應，將這部看來完全與現實、與戰爭不相干的「女性小說」、「無事小說」斷然禁絕。

最大的衝突在於軍國主義將「天皇崇拜」、「武士道」律定為最日本的根本元素，日本就是武士道、就是天皇絕對權力所構成的「國體」，既是使得日本之所以為日本和其他國家不一樣的本質，也是日本歷史與文化中最美好的寶物。

然而谷崎潤一郎在《細雪》中寫出了完全不一樣的觀點。真正的日本、日本最美好的一面，不在太陽旗崇拜的亮麗陽光照耀下，不在陽剛武勇的男性炫耀表現上，而在房屋內部，那些陽光永遠照不到的陰翳角落，那些女性陰柔得以主宰籠罩之處，沒有高叫口號，沒有標準答案，相對地充滿了曖昧，將情欲予以美學化的空間裡。

天皇和武士道怎麼可能代表日本文化？遑論道盡日本文化的價值？甚至日本男人都不足以顯揚日本文化，那樣的幽微陰翳空間是屬於女人的，那樣的情欲美學流盪在日本女性的血液中。

《細雪》在谷崎潤一郎的作品中看起來很獨特，如果將《細雪》抽出來和川端康成的作品對照，或許能夠看得更清楚些。川端康成自覺地在戰敗後以「餘生」的精神持續挖掘日本陰柔之美，刻意運用包括「掌中小說」在內的極短有如俳句般篇幅避開「明說」的風格，拓展暗示與曖昧歧異的小說技法。那是有意識地對戰爭進行懺悔，逆反軍國主義籠罩時的那種陽剛意識形態。川端康成認定要對世界贖罪，他的使命是在「餘生」中以文學的形式挖掘、展示被軍國主義壓抑甚至意欲取消的那樣一個陰柔細膩的日本，讓大家知道日本不是只有軍國主義，比軍國主義更根本也更有價值的，是這樣的日本之美。

谷崎潤一郎和川端康成是同代人，以川端康成的生命抉擇為對照，我們有理由相信谷崎潤一郎在大戰期間，有了類似的醒悟。他們兩個人都是有著特殊陰性靈魂的男人，在他們筆下寫出的對於女人、對於陰性的「陰翳禮讚」於是更加曖昧、更加複雜。

《細雪》書中描述么妹妙子去學跳舞時，穿上了大姊鶴子出嫁時的衣服。不過她只穿了三分之一，本來的三層穿了其中一層。而光是那一層，就足夠在小說中詳細描述費心費力才得以著裝的過程。如何綁腰帶、什麼時候要穿足袋、什麼時候不穿，鞋子該如何夾著，才能用優雅的內八字形走路？

每一樣都有講究，不只是傳統穿法的講究，更重要的是從美學表現而來的講究。提包的大小一定是要與和服樣式配合，多少經驗才斷定了提包的尺寸，該配合的提手長度，再到一邊走路時該如何讓提包掛在手上，以表現出既自然又優雅的輕晃幅度。

衣服要和舞蹈的動作相配合，要和婚禮的大場面相配合，也要和賞花的景觀相配合。從平安朝源遠流長傳了上千年的美學堅持，要在生活中創造出無論靜態或動態都能夠呈現完美畫面的一種習慣，甚至是一種自我紀律。這樣的美學標準，上千年來都是由女人在堅守的，幸好有女人，有日本女人信守不渝的這份文明價值，才能夠在二十世紀中，當男人以武士道、以軍國主義將日本帶到亡國的邊緣，還能夠靠這份美學帶來的感動，重建日本國家立場，讓日本能夠繼續存在下去。

了解這樣的文化掙扎歷程，我對於造訪京都的觀光客穿上廉價和服笨拙走著的畫面格外無法忍受，那顯現了缺乏基本的自知之明、基本的品味與基本的尊重，在京都那樣經歷戰亂戰敗，仍然努力維持保留下來的日本之美中，我們至少該有一份自覺與自尊，珍惜如此難得的美好景觀，不要以自己的形象與動作成為礙眼、破壞的因素。

這是從閱讀谷崎潤一郎、川端康成而受感染形成的一份強烈偏見吧。

關東與關西的歷史糾結

閱讀《細雪》不容易直接感受到小說的時代背景，要稍微認真用心去追索，才能明白「上卷」大概是從一九三八年，對華戰爭剛開始不久，進行到一九四〇年，太平洋戰爭尚未爆發之時。

谷崎潤一郎刻意讓《細雪》漂浮在一種無時間感的失重狀態中，好像小說中描述的這些事到底發生在什麼時候並不重要。然而如果我們要深入理解《細雪》，卻必須帶著更久遠些的歷史意識，尤其是要追索認識關東與關西間的長遠糾結。

關東與關西的糾結，至少要追溯到豐臣秀吉。《細雪》的具體空間背景是大阪，去過大阪的人，應該都一定會去最主要的景點——大阪城參觀吧！在大阪城中，展示了幾幅屏風畫，畫裡的內容是重現「冬之陣」、「夏之陣」，也就是兩場發生在大阪城，改變日本歷史的重大戰役。

當年大阪城建好時，號稱「戰國無雙」，也就是整個戰國時期獨一無二最豪華又最堅固的一座城池、一座堡壘。因為頻繁的戰亂，每個藩主都要想辦法建起得以阻擋別人侵犯的城，以城作為政權的保衛中心。

豐臣秀吉出生於一五三七年，活躍於戰國末期，他結束了戰國的分立局面，統一了日本，不過他創造的統一局面只維持了很短的時間，就被德川家康挑戰，進而推翻了豐臣家的政權。

戰國末年有一項關鍵事件，是「本能寺之變」。現在京都河原町三條、四條之間有一個小小的「本能寺」，並非歷史上那個發生劇變、織田信長被燒死在裡面的「本能寺」。舊的「本能寺」是華嚴宗的大寺，應該在崛川一帶。

發生「本能寺之變」前，本州地區最強大的藩主是織田信長，然而他的部將明智光秀突然叛變，在「本能寺」攻殺了織田信長。當時也是織田部將的豐臣秀吉聽聞消息，以不可思議的急行軍速度，在七天之內趕了近兩百公里路，從高松回到京城，在明智光秀沒有預期、防備狀況下，奪得了大權。

然後豐臣秀吉動用大批資源建造了雄偉的大阪城，卻在一五九八年去世了，政權留給了當時只有六歲的兒子豐臣秀賴。此時在關東德川家康虎視眈眈，經過複雜的合縱連橫角力，到了一六一四年冬天，德川正式領軍攻打大阪城，而有了「冬之陣」。「戰國無雙」的大阪城易守難攻，雙方激戰各有驚人的損傷，德川軍終究無法攻入大阪城，但豐臣家卻也無力將德川勢力屏除在關西之外了。

雙方達成了停戰協議：德川家願意退兵，換取大阪城將外面的護城濠溝填平，等於是少了一項重要的戰鬥防護。還有，大阪城中的建築除了「丸之內」以外，都予以拆除，這是使得能夠長駐衛護大阪城的部隊人數大幅減少。很明顯地，豐臣家只能以大幅削弱大阪城原本「戰國無雙」的防衛條件，換取德川家暫時退兵，稍作喘息。

然而很快地，一六一五年夏天，德川家就再度兵臨防守條件大不如前的大阪城，在「夏之陣」戰役中壓倒性地打敗了豐臣家，從此之後日本歷史進入新的時期，出現了長達兩百多年的德川幕府統治階段。

江戶的町人文化

這個時期稱為「江戶時代」，因為政治實權轉到了位於江戶的德川家手中。豐臣秀吉作為幕府將軍時，雖然也和天皇形成一裡一表的二元權力結構，不過兩個中心都在關西，地理上幾乎是重疊的。但到一六一五年之後，天皇還是在京都，德川幕府卻遠在關東的江戶，兩個中心有著很遠的距離。

西方人剛到日本時，弄不清楚日本這種獨特的二元政治體制究竟是怎麼回事，一度誤以為日本有兩個皇帝，像是歐洲中古時期有羅馬教皇又有世俗的國王，所以一個是宗教上的皇帝，另一個是政治與軍事上的皇帝。

關東有一個中心，卻無法取消、甚至無法壓倒關西的另一個中心。因為天皇「萬世一系」的信念深入人心，甚至成了強烈的信仰，德川家權力再大、資源再多都不可能挑戰，一旦表現對天皇的不敬，立即會引來各地封建藩主的背叛攻擊。

兩百多年時間中，在德川家的統治下，江戶有了繁榮的經濟發展，吸引了大量人口移居到江戶。江戶的發展從今天電車「山手線」環繞的區域開始，那就是德川家所建立的政治中心。

在此之外，擴張出「新江戶」，或者稱為「町人江戶」，在隅田川下町附近的商業區。到十九世紀西方勢力剛進入日本時，下町都還成為最新流行事物的齊聚之地，當時的文人雅士要吃西餐，要參加沙龍或畫廊活動，幾乎毫無例外都是到下町去的。

兩百多年時間中，江戶形成了非常明確的性格。這是一座由眾多庶民進行繁榮商業交易而構成的城市，非常熱鬧、非常吵雜，而且有著遠高於一般農業社會的多元生活景況與多元意識。

這種都市性格最清楚顯現在「浮世繪」上。「浮世」指的是那些平常、日常生活，而不是高度表演性、儀式性的畫面。會想將「浮世」畫下來，正因為在江戶的都市環境中，太多人過著不一樣的生活，從事不一樣的行業，在平常、日常中都顯現出帶有視覺刺激的新鮮模樣。

江戶發展出的「町人文化」，豐富多樣的市井現象，才支撐了日本「浮世繪」這樣獨特的世界美術史成就。相對地，在京都最高的美術成就，則是大宅大院中的屏風畫。不論是去參觀二條城，或是去天龍寺，建築本身的視覺重點，都是在牆上、門上、屏風上的畫。而且幾乎到處都看到「狩野」這個姓，好像有資格被介紹的畫家都姓「狩野」。

狩野不只是個家族，這個名字代表了在京都源遠流長的一個工匠藝術傳統，他們就代表屏風畫的最高地位，是貴族大寺建造房子時一定要尋求的合作對象。他們的作品通常都有標題，而對我們來說，根本不需要翻譯，因為都是用漢字寫的——〈瀟湘月色〉、〈山崗猛虎〉等等，一看就知道，他們特別突出和中國之間的連結。這是從中國傳來的繪畫形式，進入到日本之後高度專業化，由一個家族近乎壟斷了其技藝與名聲，也因而帶有高度的保守性質。

屏風畫一定要遵守「狩野派」的畫法才能被接受，一定要表現清楚的四季時序和俳句和歌的精神相通，一定要追求自然與人文的、畫面與標題文字意趣的結合等等，那是極精細卻也極不自由的工藝。

和江戶發展、流行的「浮世繪」完全不一樣。

合作又競爭的「京阪神」

到十八世紀江戶就已經有了商業活動所刺激出的不同行業，也有了愈來愈多，多到自身環境條件無法支撐的人口。於是關東與關西又逐漸形成交易網絡，關東密集的人口需要靠關西的米、魚等物產來供應。

因應而出現的關西生產、轉運中心是大阪。但大阪的性格有點曖昧，既不是貴族式的，也不是純粹商業性、市井性的。大阪有著全國性的貿易地位，很長一段時間中，日本的米價高低是由在大阪的交易決定的。米、麥及其他主要食糧作物集中在大阪交易，在這裡有最複雜、最詳密的對價關係，於是全日本都參考大阪的價格，以大阪的價格為準。

但大阪的商業性質和江戶很不一樣。不只是受到關西傳統文化的限制遠高過江戶，沒有江戶那麼自由、那麼開放，而且其轉運交易的活動超過自身的商業繁榮，主要扮演的是過路財神的中間經紀商角色，商業活動在市面上看不見的批發層級進行，市面上相對沒有那麼多行業、那麼熱鬧。

到了十九世紀中葉，西方勢力進入日本，帶來現成在中國試驗過的不平等條約，強迫日本開港，關西除了大阪之外，另有神戶對外開放。不過神戶的海港條件優於大阪，很快地西方人的活動集中在神戶，神戶有了精采活躍的「異人街」，在和西方交接的功能上，大阪又比不過神戶了。

在傳統的關西，大阪是沒有身後貴族文化薰染的商業中心，然而放在快速變化發展的江戶日本環境中，大阪卻是相對保守、甚至落伍的商業城市。

一直到今天，通路、小商店仍然不是大阪所擅長的商業現象，大阪有的，是大企業，而且往往是重機械、金屬礦產等具備百年以上，帶有濃厚家族色彩的大企業。

關東就是以東京（江戶）為中心，形成一個向外擴散也向內集中的網絡，所以東京才會聚集了一千多萬人口，並且發展出全世界最綿密最複雜的鐵道交通系統。關西卻不是這樣，關西的重點在「京阪神」，而這三座城市彼此相連，卻又各具特色，構成既合作又競爭的關係。

京都是歷史古都，將時間凍結在生活中，保留了從平安朝一路下來的貴族文化，而神戶是最具異國情調刺激性的城市，在接納轉化西洋文化元素上，全日本大概只有長崎可以和神戶相提並論。而夾在這最古老和最洋化的城市之間，有著最富有卻又土氣的商業城市大阪。

失去國都的關西人

京都的觀光重點之一，是「二條城」，那是德川幕府在京都的居所。他們刻意在京都皇城邊興建了這樣一座堂皇的宮殿，作為他們的別墅。但很明顯地，可以在江戶呼風喚雨，嚴格要求各地封建大名必須定期到江戶晉見居住的德川幕府，不會有強烈動機要去有天皇在、以天皇為中心，自己只能在制度上擔任配角的京都。

所以二條城其實很多時候都沒有主人，而且在建築上最大的特色是有人行走時必定發出如同鶯啼般響聲的地板。據說那是為了防範刺客暗殺特別設計的，在那座宮殿裡要確保沒有任何人、在任何時刻可以靜悄悄完全不出聲地在屋內移動。要如此高度警戒，住起來應該也很不安心不舒服吧！

不過二條城是一個絕對無可取代的歷史事件現場。到現在觀光客都可以在二條城裡看到定格複製的情景。那就是「王政奉還」的儀式，最後一任的幕府將軍在這裡迎接天皇的使者，將實質占有了兩百多年的政權交還給天皇。

這必須發生在京都，因為明顯意味著從此之後日本的二元結構消失了，在政治上只有天皇這個中心，只有京都這個中心。兩百多年後，關西終於等到了凌駕於關東之上的最後勝利。

然而關西的勝利興奮只維持了很短的時間。在重臣們的商議下，一方面為了防範德川家繼續據有關東造成國家實質分裂，另一方面為了利用江戶已經有的發達交通基礎，決定將天皇和國都遷到江戶去。

為了平撫關西人必定會有的失望、乃至反抗，所以先將江戶改名為「東京」，表示京都仍然在名稱上是日本恆常的都城，「東京」只不過是當下現實居於東方的另一個都城，帶有暫時方便的性質。而且宣布遷都之初，明治天皇還經常來往於京都和東京之間，以示沒有拋棄京都，沒有輕忽關西。

然而這對關西人是多麼大的打擊啊！尤其是過程中曾經有重臣主張應該將國都設在大阪，以便發揮京都古城不能提供的現代功能。結果，最後大阪得到的，只有安慰性質的「造幣局」。

去京都看櫻花，如果去得稍早些或稍晚些，都可以轉去大阪訪問「造幣局」，因為那裡齊聚了不同品種，先先後後或早或晚開放的櫻花，總能夠遇到有幾種正在盛放中。「造幣局」的園子等於是將全日本的櫻花品種都蒐集來了，造成特殊、具有代表性的景色，配合將國幣放在大阪鑄造，作為對關西人失去國都的一種補償。

武士道精神

關東與關西間已經很緊繃了，不過維新要考慮的地理平衡，還不能只著眼於本州一島。「倒幕勤王」的主要力量，來自南方的強藩，九州島才是中心。熊本、長崎的觀光重點之一，就是「龍馬之路」，環繞著坂本龍馬當時的活動地區，追索記錄維新志士們的種種遺跡。在其中一處龍馬故居外，特別鑄造了一隻特大的銅鞋，讓參訪者可以將腳置入銅鞋中，然後扶著象徵性的船舵，模仿龍馬看著遠方的港口，指著天際說：「一定要開國，船啊，帶我到外面的世界去！」

從明治維新一直到戰後形成了民主體制，「長州閥」都是日本政治上固定的權力集團名稱，歷史悠久，經過了多少翻天覆地變化，作為日本政治上的一股勢力，維持到當今安倍晉三的權力背景。

這些人和關東、關西都無關，正因為離京都、尤其離江戶很遠，他們才能在幕末時期取得較大的自由，採取挑戰、反抗德川家的態度。在南方，他們的土地上又有較暖的氣候，較多的雨量，在農業生產上條件優於關西，當然更優於一些傳統封建藩主所在的東北或北陸。於是這些南方強藩名義上服從德川家，但實質上德川家對他們的控制遠遠不及其他地區。

形成強藩的一項條件，是擁有眾多的武士，組構強大的武力，因而在這些地方對於「武士道」格外重視。武士是一種個人效忠於領主的身分，而「武士道」之所以能成為「道」，就是將這份效忠精神化為強烈的信念，使得這些武士成為有信仰的人，對於「武士道」中的這些原則與價值觀，看待得比生命還要重要，隨時願意、甚至隨時準備為了堅守這些原則、貫徹這些價值觀而犧牲性命。

「武士道」的終極象徵是「切腹」，不只是奉獻生命，而且英勇地忍受最大的痛苦來顯現決絕放棄生命的態度。而且「切腹」有許多禮儀細節，一個武士在生命臨終的最大痛苦中，仍然記得、仍然符合禮儀，顯現出他對信念的堅持程度。

而使得武士訴諸如此極端方式結束生命，最主要有兩種情況。一種是不論故意或失誤做出了有失武士尊嚴的行為，以終極的「切腹」一方面作為懲罰，另一方面表現非常的勇敢來替自己爭回面子。另外一種則是冒犯了藩主，做了使得藩主蒙受巨大損失的事，被藩主下令嚴懲。

武士與藩主間有很緊密的個人連結，將武士綁鎖在對藩主的效忠上，生死以之。一層一層的封建制度中，每一層的領主底下都有武士，武士絕對服從單一領主的命令，領主之上有大名、有藩主，遇到動員時就帶著自己的武士前去幫忙打仗。

武士道的核心在於死心塌地的個人效忠信念，武士和主人間的關係是高於生命價值的。

要成為一個武士，必須有信仰，才會超越私人利益選擇堅守原則。其次，武士還必須具備極為強烈的個人精神，雖然遵守的是集體的禮儀規範，然而在面對生死時，要有一種昂揚、確定的個人精神才能支撐他看破或輕蔑生死。

坂本龍馬自願脫藩，成為一個失去保護，人人得而在路上殺之的武士，那就是他的個人精神超過了集體信條，他不再被拘限在層層封建關係中，以一個低級武士的身分卻選擇以最高的天皇為絕對效忠對象。

他帶領了這樣的風潮，將武士道中的「忠君」和封建現實脫開來，從此愈來愈多人認定武士就是應該效忠天皇，到了軍國主義狂熱中，甚至律定只有天皇可以作為效忠的對象，所有的人都必須、也只能效忠天皇。

不過在幕末的騷亂中，新的和舊的武士效忠觀念發生激烈衝突，德川家訴諸舊觀念，找了一群效忠他們的「新選組」武士，派到京都，以狙殺倒幕武士為其職責，鬧出武士相爭的連環血腥事件。

「迴向東方」的騷動

夏目漱石看到了、記錄了幕末到維新的變化，尤其是敏銳地檢討了西化、現代化發展帶來的心理衝擊。他的小說中經常出現火車，因為火車一方面代表現代化帶來的交通行動自由，然而搭火車只能和一大群人同時上車同時下車，走完全一樣的路線，又代表了新的集體約束高度不自由。

夏目漱石來不及看到「大正民主」帶來的另一次激烈轉折變化。明治時期日本悶著頭拚命學習西方，語言進來了，科技進來了，政治制度也進來了，一股腦忙著、急著引進，卻必須要等到「大正民主」時期才能消化到一定程度，將這些原本停留在外表的異質元素予以內化。

「大正民主」的「民主性」就在於要追求、創造一種貫徹在西方政治、法律、科技現象後面的精神力量，尤其是去探測、實驗個人自由的「真實」體會。這個時期的代表性作家芥川龍之介寫了很多小說，卻沒有長篇作品，而他的每一篇短篇、少數中篇都用不同的方式寫成，幾乎沒有任何兩篇是同樣、重複的。他創作的重點不在建立明確的自我風格，毋寧更重視探尋新形式，充分反映出那個重視自由、自由大爆發的時代氣氛。

「大正民主」時代是狂風暴雨，一下子大發作，卻又在短短幾年後快速消散。造成下一次時代劇烈轉折的關鍵因素，日本自身無法控制的因素，是第一次世界大戰。

從「歐戰」而擴展成「世界大戰」的這場戰爭，徹底改變了歐洲，也必然改變了當時和歐洲關係如此密切，亦步亦趨跟隨著歐洲腳步的日本。日本正式參戰，是為了進一步加入歐洲，獲得歐洲肯定承認的重要表徵。然而，等到戰爭打完，幾十年來作為日本羨慕模仿對象的歐洲卻不只遭受嚴重破壞，而且失去了原有的昂揚自信，精神上陷入最低沉的憂鬱、沮喪。

他們無法解釋，卻又必須面對：為什麼人類的進步，依照進化論畫出的軌跡，應該是人類進步最高峰的歐洲，得到的竟然是如此荒唐無意義的一場大戰，將一整代的歐洲青年毀滅在壕溝戰的戰場上。應該是人類發展到最高峰的幾個國家，選擇了以最新的科學技術彼此毀滅、互相殘殺。這是什麼道理？

歐洲人自身失去了信心，那又如何讓其他人繼續羨慕、繼續擁抱歐洲？當歐洲人都搞不清楚自己是什麼，必須在迷惘中重新摸索，那麼原本跟在他們後面，依靠他們提供指引的人，當然不能再維持原有的態度了。

不只在日本，在中國也掀起了重新檢討、評估西方成就的思潮。兩個社會都有了「迴向東方」的呼聲。不能再這樣想當然耳地模仿西方了，應該回頭整理自己手上原有的文明遺產，靠東方不同的智慧來避免、甚至來醫治西方目前陷入的病狀。經過了幾年的轉向醞釀騷動，一九三六年，在日本爆發了「二二六事件」。

皇道派與統制派

一九三六年二月二十六日，部分日本少壯派軍人發動政變，參與其中的大約一千五百人，他們高喊支持天皇的口號，卻得不到天皇的同情，由昭和天皇親自下令鎮壓，到了二月二十九日，政變就失敗結束了。

「二二六事件」有許多曲折之處。首先，雖然是少壯軍人發動、參與的，這卻不是一場「軍事政變」。當時日本「軍部」有「陸軍部」和「海軍部」，這兩個不同軍種有他們不同的發展路線，不同的戰略傾向，也有不同的價值意識形態。到一九三六年，日本海軍和陸軍有了涇渭分明的目標，非但不一樣，甚至經常彼此衝突。

其次，在陸軍內部又區分為軍官學校的畢業生，和士官學校的畢業生，兩種不同的管道、兩種不同的建制，產生兩種不同的心態與目標。這兩種人也是涇渭分明，士官出身的頂多只能升到中尉，軍官學校畢業生卻從少尉、中尉開始他們的軍旅生涯。

「二二六事件」的發動者是士官學校畢業升不上去的低階軍官，而且是屬於「皇道派」的青年軍官。「皇道派」之外，另有「統制派」，「統制派」服從政府，認定當時軍事體制中最重要的是「建軍」，著重於「建軍」所需要的種種配套，並且將自己的前途和「建軍」成敗結合在一起。

「皇道派」在精神上比較像當年的下層武士，往往他們也自覺地繼承了武士道原則。在士官學校裡每天要洗馬、刷馬，有很多修身鍛鍊的活動，在蔣介石日本受訓的回憶中有很鮮明的紀錄。受到武士道強烈影響，這批軍人極度重視個人效忠的絕對態度，因而他們願意效忠的對象，不會是部隊的長官大將，也不會是政府，只能是至高地位的天皇。

從他們的角度看，一次大戰之後的日本走上了錯誤歪斜的道路。國會混亂、財閥貪婪、民生凋敝，天皇的尊嚴也被「統制派」忽略推到邊緣去了。在此之前，倒幕下級武士的理想與精神，經過對中國與對俄羅斯的兩場勝利戰爭，轉移注入新建的軍隊中，然而到了一九三〇年代，進一步現代化的軍隊主流思想不再支持武士道了。

「統制派」高層軍官考量的，是建軍需要什麼樣的現代武器設備，要到哪裡爭取足夠的預算，要如何調整擴張部隊組織，要對人力物力動員體系進行什麼樣的改造。這些不是下級軍官需要擔心、能夠理解的，但從他們深深浸潤在武士道的價值觀看過去，看到的都是有形的、物質性的追求，失去了對於精神的強調，甚至這些高層軍官都成了背棄精神面向的錯誤示範。

原本士官學校與軍官學校分途造成的不平之感，在這種情況下更被激化了。為什麼在精神上如此墮落腐敗的人，卻可以壓在我們上面，向我們發號施令而我們必須畢恭畢敬接受、遵守？他們心中充滿了這樣的不滿。

對於「統制派」來說，他們的前途在軍部，軍事體制愈大，他們就有愈多位置、愈多機會；軍事體制的預算愈高，他們就能控制愈多資源，得到權力與利益。在這方面，其實陸軍還落後於海軍。海軍的建軍方式很明確，造一艘軍艦要有一艘軍艦的費用，必定要預算先行，相對地人沒有那麼重要，給再多的人若是沒有錢造艦艇那就完全沒意義。沒有錢不能造艦艇，那就一切免談。

陸軍是到這個時候才逐漸調整趕上，強調武器設備、軍事投資上的重要性，把在國家財政中取得一定的資源，視之為第一要務。從這個角度看，陸軍高層的思考方式朝向海軍的模式傾斜。

一邊是這些眼中都是預算、數字、物資的高層軍官，另一邊卻是從洗馬、刷馬開始受種種貧乏貧困條件訓練，被要求發揮精神力量來忍受匱乏、克服困難的士官與低層軍官，陸軍內部產生了嚴重的分裂。

一場失敗的騷動

陸軍下級軍官強烈感受自己的理想與目標被背叛了，於是他們抬出了幕末維新的口號──起義、勤王、大政奉還等，將自己想像為當年的倒幕志士，延續他們的精神發動了「二二六事件」。

這事件只維持了三天便落幕了，關鍵在於天皇的態度。「皇道派」要恢復「皇道」，以天皇為唯一的效忠對象，然而當時的裕仁天皇沒有接受他們的訴求，很快就定調了──這是叛亂，必須鎮壓。陸軍其他軍官、海軍軍部也絕對不會同情、支持他們，他們靠著帶領的少數士兵，陷入孤立無援的情況。其中很多士兵甚至從來沒搞清楚究竟是怎麼一回事，更沒有要參與在一場政變中。

看起來像一場鬧劇。然而如此一場失敗的騷動，在日本現代歷史、文學上卻極其重要。因為「二二六事件」改造、扭曲了在倒幕維新中如此重要的武士道。日本的軍國主義並不是直接承襲十九世紀的武士道而來的，毋寧是在「二二六事件」中被刺激催生的另一種武士道。最大的差異在於：原先的武士道當中，坂本龍馬式的個人判斷、孤獨為理想奮鬥的那種性格，在二十世紀中葉被壓抑下去，改造成為高度集體性，乃至盲目服從的信念。

為了加強對於軍人的管理，「二二六事件」之後，日本內閣改變了原先以退役將領擔任陸軍大臣、海軍大臣的做法，轉而任用現役大將進入內閣。然而實質的效果卻剛好相反，這些在部隊中具備指揮權的現役大將進入內閣，非但不是幫助內閣控制軍隊，而是讓軍隊得以掌握政府。

於是日本政府投入在建軍的資源愈來愈多，軍隊愈來愈龐大，戰爭的氣氛隨而水漲船高，從軍部瀰漫到社會上。軍力愈大，愈需要有用兵之處來合理化如此龐大的軍事開銷；有用兵的理由就刺激了愈強烈的軍費需求，形成了循環加強作用。

「二二六事件」會發生在一九三六年二月，另有一個背景是一九三五年年底，陸軍第一軍團奉令要在第二年春天，三月之後，調派到滿洲去。當時彼此串聯的少壯派軍官必須把握時間，在離開日本之前行動。

一九三一年關東軍策動了「九一八事件」，日本正式以武力占領滿洲，接著一九三二年扶持了「滿洲國」傀儡政權，然後又以滿洲為基地，進入中國華北，這也是惡化了軍部積極搶奪軍費擴張勢力的其中一個重要因素。

三島由紀夫有兩部作品——《憂國》和《英靈之聲》——是以「二二六事件」為題材的。甚至到最後讓他選擇切腹自殺的信仰力量，也是和「二二六事件」少壯派軍人的「皇道」主張緊密連結的。三島由紀夫內在黑暗且極其複雜的一部分，就牽涉到他堅持認為戰後的日本因為失去了天皇信仰而帶來不可忍耐的孱弱、庸俗。人面對天皇信仰會產生一種類似武士道中的高貴性質，已經在日本社會蕩然無存了。

三島由紀夫要身體力行去恢復這樣的信仰，要用他的文學他的行動，最後是他的生命去喚醒日本社會。他要像「二二六事件」的這些人一樣，去發動一場即使是注定失敗的政變。他也沒有打算看到這場政變究竟是成是敗，用政變去推崇天皇，也是對天皇絕對權威的一種冒犯，所以他選擇先切腹來謝罪，但他心中期待著這樣的行動能夠如同「二二六事件」般，改變了時代，開啟一個新的追求陽剛武勇的新時代。

如果沒有歷史上的「二二六事件」與後來的軍國主義發展，也就不會有三島由紀夫看似鬧劇一場去占領自衛隊基地並切腹自殺的行為了。不論他的行為看起來多麼荒唐，他自己心中有一份明確的精神信仰，和歷史上的「二二六事件」緊緊纏捲在一起。

《細雪》留下的空白

將《細雪》放回所產生、出現的那個時代環境，我們不只讀小說中寫了什麼，還必然會感受到小說中「震耳欲聾的沉默」——小說中沒有寫什麼。

谷崎潤一郎經歷了那樣的時代，卻在《細雪》寫作中選擇了不尋常的立場。第一，他明明是個關東人，卻刻意轉投入關西的懷抱，以尖銳的態度來表達關西人的立場與感受。

尖銳指的是他在這上面沒有任何猶豫、任何懸念。如果不追究作者的生平，閱讀《細雪》完全是關西氣氛與關西風格，小說中每個人到東京去都必然覺得不舒服、不自在，差別只有是短時間的不舒服，還是長久排解不了的不舒服；是生活習慣上的不舒服，還是更內在精神心理上的不舒服。

小說中「本家」鶴子一家搬到東京去，在要轉型為東京居民、東京人的過程中，產生了所有的痛苦與不堪。以關西本位，小說中多次提到鶴子家的小孩有了東京腔，那是令人不舒服的早早投降。去到東京遇到了下雨，就感覺和京都的雨都不一樣的一種不舒服。雪子有一段時間住到東京去，小說中的表現簡直像是她被綁架了，整個人愈來愈消沉，必須要等到終於能回到關西，她才活了回來。

這是高度關西偏見下的描述啊！然而竟然是由一個身分上的關東人寫出來的。

第二個奇怪的立場是：一位男性作家所寫的大長篇，卻從頭到尾都沒有男性的視角。小說主要是環繞著次女幸子，從幸子的主觀情緒延展出去，聯繫到其他三個姊妹。這是一個女性、母系家庭，從女性的觀點看出去，男人相對地都成了邊緣上陰影般的存在。雪子和妙子的婚姻與愛情占了最主要的篇幅，再加上幸子自己的家庭問題。

追索這樣奇怪立場的來由，引領我們得以更進一步探問：谷崎潤一郎在小說裡隱去了什麼沒有說、沒有寫？既然沒有說、沒有寫我們要如何知道？甚至如何察覺確認那裡有一片空白？又如何確定那空白是故意的？

這也就牽涉到讀小說要不要深入了解作者及其時代。不能單純讀小說作品本身，不用去管作者是在什麼社會、什麼環境下寫出這部作品嗎？尤其如果我覺得小說很好看，對小說能產生共鳴，不就夠了嗎？為什麼還要費力氣知道小說創作的外緣因素呢？

一部分原因在：唯有了解了作者及其時代，知道了作者面臨什麼樣的環境給予他什麼樣的刺激乃至困惑，才會起心動念寫出這樣的作品，我們才能不只讀了寫在作品裡的內容，甚至能進一步探索他沒有寫什麼，對什麼事情保持沉默。

一個關東人卻採取了關西的立場，一個男人卻採取了女性的立場，而且當谷崎潤一郎寫《細雪》時他已經是個極度成熟的作家，對於寫作有了高度的自覺，很清楚自己在寫什麼，為什麼這樣寫。

他在明治時期長大，大正年間開始寫作，又經歷了昭和年代軍國主義興起，一直到戰爭爆發。寫《細雪》時他的國家正陷入在一場持續擴大、愈來愈可怕的戰爭中。但他卻寫出了一部彷彿戰爭不存在的小說。

戰爭幾乎沒有影響蒔岡家的生活，只隱隱約約在邊緣閃現著。這家人關心的，是雪子該如何嫁出去，妙子如何恢復正常生活，都繞著女人和小孩在思考。小說中沒有上戰場的男人，女人和戰爭的關係頂多是送男人出征。

用關西女人的角度來寫這部小說，當然不是偶然的。這不是一群在和平時代的關西女人，而是因為作為關西女人，因而得以和戰爭保持最遠距離的一群人。在戰爭似乎籠罩一切、改變了一切的騷動時代，谷崎潤一郎決心要寫騷動還沒到來前，改變還不曾發生的那個日本。

《細雪》中大阪家族的設定

選擇關西，尤其是大阪，是為了跳過武士道。武士道在現代日本國家體制的建立上再重要不過，以至於在戰爭中想到日本就想到武士道，認為全日本都是武士，都是由武士精神貫徹了。

然而在關西主流的文化，是古老的貴族文化，高度女性化的品味。關西和武士關係最密切的只有幕府末年，許多志在倒幕的武士跑到京都來，造成京都一度的混亂，甚至在「櫻田門之變」後引發了京都大火。但這明顯是外來的，不是關西正統文化內部本有的。尤其後來連天皇都搬去東京了，武士以及相關的政治騷動，更進一步遠離關西。

谷崎潤一郎選擇了想像中距離戰爭最遠的背景，一個在關西，深浸在商業文化中的家族，而且是一個只有四個女兒沒有男生的家族。大阪人帶有土氣，連在商業上他們從事的往往都不是什麼時髦行業。於是他們的保守、落伍最適合來彰顯：跳過了現代日本、跳過了軍國主義、跳過了武士道，那樣一種底層根本的日本價值。谷崎潤一郎經歷了這些時代變化，承受了時代帶給他的種種折磨，再加上翻譯《源氏物語》給予他的扎實訓練，這時他可以大剌剌地對著戰爭與軍國主義說：管你們的，這些我都不要，我可以拋棄這些、跳過這些，仍然寫出一部最「日本」的小說來。

當然，一個傑出的作者通常會寫出超越自己的用心，更豐富、更複雜的作品，供讀者從不同角度去閱讀去感受，不必拘泥於作者的動機。但探知作者的用心畢竟還是會讓我們對於作品中的設計安排敏感地讀出更多意義來。

夏目漱石的作品始終貫徹關心「人情」與「非人情」的糾結，其動機當然是批判「人情」的拘執與追求「非人情」的自由。然而他將這樣的主題寫為小說，小說中就不會拙劣地黑白分明頌揚「非人情」貶抑「人情」，而是顯現出兩者的纏綣糾結情況，讓我們體驗，刺激我們思考。

谷崎潤一郎擺出一個態度：你們每天都在戰爭中，你們認為除了戰爭以外就沒有、就不可以有生活，我卻清楚呈現了，在戰爭之外，日本還有很多其他的生活元素。但他也不會用黑白分明的方式，將戰爭以外的生活寫成理想美好的，他還是描述了不在戰爭下日本人生活中的悲歡恩怨。

《細雪》的潛文本

也許是為了有聳動的詞語用來宣傳賣書吧，在台灣出版社很喜歡用「惡魔作家」來形容谷崎潤一郎，甚至有些版本的《細雪》書腰上都出現這個宣傳詞。如果只讀《細雪》，要從哪裡去感受「惡魔」特性？

谷崎潤一郎的「惡魔」性質必須到他之前的作品裡去尋找，到了《細雪》，他像是脫胎換骨去除了「魔性」，勉強可以和「惡魔作家」頭銜連接的，只有妙子這個角色。

妙子和雪子都有兩面。一面呈現了沒有戰爭、沒有軍國主義情況下的美好；但同時還有另一面——在那種環境中的煎熬。寫《細雪》時，谷崎潤一郎從之前習慣的寫法脫離開來，寫了幾十年卻還能如此決然突破，不用那種為他得來許多讀者，容易吸引眼光和掌聲的戲劇性奇情寫法，回歸到相對緩慢平淡的筆致，將所有得以嘩眾的噱頭都拿掉。

之前他擅長於寫形象上很不傳統，渾身充滿肉欲，並在欲望中夾雜毀滅惡意的女人。而且往往是從被害者的角度寫的，主要敘事者是被這種女性吸引、折磨進而吞噬的男人，以至於讓小說中帶有濃厚的SM式異色。在他的招牌「惡魔書寫」中，女人過多的欲望帶來毀滅，欲望與毀滅基本上是合而為一的。欲望會毀掉女人自身，然而在過程中製造了一路的廢墟，毀掉了好些男人的生命作為墊背。

在具備強烈自我欲望方面，妙子和之前那些作品中的女性有共同之處。不過即使如此，到了《細雪》中，谷崎潤一郎的寫法也很不一樣。他不再那麼沉迷於表現近乎病態的戲劇性，更有誠意地將這樣帶有濃厚欲望的女性放入現實中，同情地去描述、去體會她的身體欲望、愛情欲望、與性有關的欲望給她帶來多大的痛苦！

她怪物般存在於壓抑、否定女性欲望的日本傳統環境裡，陷入了一個幾乎沒有出路的死胡同。這是谷崎潤一郎以前的小說中沒有的一種困境，讓讀者感同身受地看見在死胡同中走不出來的女人。

這樣寫妙子，完全不帶一點惡意，也沒有一點冷眼旁觀的嘲諷。因為同情，真正同情所以能寫出那樣的死胡同。妙子有太強烈的欲望與自我主張，所以年紀很輕就衝動地和奧畑私奔，然而卻因為是自己選擇，又用了如此激烈的方式，她就離不開奧畑，不能和奧畑分手。

但她又遇到了板倉。在大水災中，奧畑去蒔岡家等妙子，沒有耐心等下去先走了。板倉卻是尋了她可能去的地方，最終在學校裡冒著生命危險將她救回來。於是妙子掙扎了，在高傲沒有付出那麼多愛的奧畑，和身分不對的板倉之間掙扎。

這是谷崎潤一郎從前的作品不會給「魔女」的現實考驗。妙子有強烈的欲望，然而在現實日本社會中，能夠應對、匹配她欲望的男人，要具備相當的現代感，或高度叛逆性的男人，卻很難找。

她遇到的兩個男人都是災難。其中一個和她同樣是從固定社會秩序中游離出來的人，脫序的人遇到另一個脫序的人，在一起要如何在社會秩序中安身呢？板倉不是這樣的人，板倉吸引妙子的，是他不滿意於自己原來的位置，意欲突破社會限制的野心。和妙子一樣有狂放欲望的人，不管是疏離社會或投入社會的，都只會帶來生活上的災難。

妙子竟然和個性徹底相反的雪子陷入了同樣的困境。雪子的情況是她只能遇到願意去相親的男人，都是那種配合社會規範，壓抑欲望壓抑自我的男人。雪子不可能完全取消自己的個性與欲望，這樣的男人對她一點吸引力都沒有。兩個同樣壓抑欲望的人，在一起也只會帶來生活上的災難。

谷崎潤一郎將男性、陽剛、武士道、軍國主義都拿掉了，去看日本價值還能剩下什麼。在這部小說中，沒有男主角，甚至沒有一個像樣的，可以讓高倉健或阿部寬去演的男性人物。他們不只都沒有顯眼的個性，甚至沒有清楚的面目。這不是偶然，應該說這是多麼難以達成的目標——在戰爭環境中寫出一本完全不讓人聯想、討論相關陽剛價值的小說。

谷崎潤一郎卻在《細雪》中做到了。他讓小說裡的角色去關心戰爭以外的事，於是創造了潛文本中的一個提問：「這倒底是誰的戰爭？」叫得很大聲，號稱是日本的戰爭，是國民的戰爭，然而戰爭真的比小說中蒔岡家女兒們所關心的生活更重要嗎？武士道、軍國主義、戰爭比她們的生活更能代表日本，更貼近日本國民嗎？

谷崎潤一郎成功做到了，讓蒔岡家女人們的生活緊緊抓住我們的注意，我們認定了其重要性，於是小說潛文本的主張悄悄地成立了——生活比戰爭重要，一個要人們接受戰爭比生活重要的時代，是有問題、不對勁的。或者說，這樣的時代給予你的答案，要你接受的答案，不見得是對的，至少不是唯一的答案。

第三章

谷崎潤一郎的「和文體」

從《源氏物語》看日本語言

谷崎潤一郎寫過一本《文章讀本》，裡面提到了他翻譯《源氏物語》相關的事情。之前說過，即使是谷崎潤一郎第三次翻譯《源氏物語》，他自認最通順、最流暢、最容易讀的一個版本，我都還是讀不懂。這牽涉到我的日文程度問題，更牽涉到我平常讀日文的不良習慣——太過於依賴漢字，從來沒有認真重新理解日文中的每一個漢字，大部分都是立即就憑藉著中文的讀法看過去。然而谷崎潤一郎在翻譯《源氏物語》，是刻意一次又一次減少使用漢字，所以雖然他盡量用口語來寫，我還是遇到很多障礙看不懂。

一般日本人之所以不能直接讀《源氏物語》是因為紫式部用平假名將當時平安朝的古日語記錄下來，模仿當時人的聲音來寫，時日久遠，語言有了很大的改變，現在的人聽不懂以前的人說的話，也就讀不懂《源氏物語》。

就像現在的英國人無法直接讀《貝奧武夫》（*Beowulf*），雖然這是英國文學史公認的開端，一首重要的史詩。《貝奧武夫》用的是中古英語，一直到傑弗里・喬叟（**Geoffrey Chaucer**）的《坎特伯利故事集》（*The Canterbury Tales*）都還和現代英語有很大的差距。表音文字記錄聲音，如何講話就如何寫，於是寫下來的內容遇到語言的變化，幾百年後就對不上後來的語言，也就讓後人讀不懂了。

有些變化有規律，古英文和現代英文有些不同拼字是可以追索的，某個母音會轉成另一個母音，字尾會多了或少了某個子音。最麻煩的是不只音會轉，往往連文法都會改變，甚至語言中的一些用法在時間中消失了。所以必須有特殊的訓練，才能具備那樣的能力將古英文或古日文翻譯、轉寫成現代英文、現代日文。

有意思的是，使用現代英文的人去讀三百年前的《魯賓遜漂流記》就不會看不懂了。頂多是認幾個當時的用字，知道那些字等同於今天的什麼字，就沒問題了。為什麼這三百年來英語變得那麼穩定，不再有製造閱讀隔閡的變化？那是因為人類進入了空前的高識字率時代，很大比例的人都學過認字，又有報紙、書籍方便可以取得、可以看，於是倒了過來，人們所讀的文字規範規定他們該如何說話，靠著共通的文字將語言固定下來。

人類歷史上大部分的時間中，識字的占人口比率很低很低。紫式部或寫下《貝奧武夫》的人，是社會中的極少數。這些人擁有難得的能力，可以用字母、符號記錄語言，卻無能控制外面的人如何使用語言，無法阻止語言在別人的使用中被改變了。

不過日文並不是單純的表音文字。日文的假名是用來表音的，あ、い、う、え、お這幾個從中文草書借用來的符號，每一個都代表一個音。語言發出a-ge-nu的聲音，就可以對應寫成あげぬ。

但除此之外，日本又引進了中國的漢字，和假名雜用。漢字不是這個文化自身中長出來的，配合、對應已有的語言就產生了困擾，這番困擾其實在日本歷史中延續了幾百年。在幾百年的運用中，才算將漢字的讀音大致固定下來。但固定卻不統一。幾乎每個漢字都有兩種讀法，一種稱為「和讀」，另一種是「漢讀」。例如「啟」這個字如果讀成Kei，和中文發音很接近，那是「漢讀」。但「啟」有時也念ake，那是來自這個字有開的意思，所以依照日語開的動詞來發音，那是「和讀」。

而且「和讀」、「漢讀」都有明確的脈絡，不是一個字單獨出現可以決定到底怎麼讀的。「啟ける」依照「和讀」念做あける，「拜啟」則依照「漢讀」念成「はいけい」，前者表示是用外來的、後來的漢字記錄已經存在的日語；後者則是因為有外來的漢字才在日語中增添的發音。

「和文體」與「漢文體」

日文必須引進運用漢字，最根本的理由是日語和中文一樣，都沒有結尾的子音變化，所以會有很多同音字詞。說話時可以靠音調或短暫的停頓來區別，但寫成表音的記號就容易產生混淆。像是「筷子」和「橋」的發音都是hashi，所以要說「橋頭掉了一雙筷子」就很難說清楚了。有了漢字字型本身明確區分，讓文字可以避開許多混淆，當然方便得多了。

可是如此在歷史中形成的聲音和文字符號之間關係實在很複雜。像是日本庭院中經常見到的一種裝置，角落裡一段剖半的竹竿接水，接到一定的程度，水的重量使得竹竿往下傾，盛在竹竿裡的水倒出來，竹竿空了、變輕了又往上彈回去，於是竹竿尾端就急急敲在石頭上，發出「咚」的一聲。

這是傳統日式庭院很重要的聲音美學設計。每隔一段時間，就會發出「咚」的聲響，聽到那一聲「咚」引發注意，於是聽見了細細潺潺的水聲，然後進一步感受到寂靜。雖然是聲響，但真正的作用是要讓人聽見無聲，感受到庭院裡的寂靜。藉由偶而的有聲，反襯出一直都在的無聲，非常巧妙的設計。

這樣的裝置，叫そうず。因為そうず這個音有很多其他的指涉，所以一般會用漢字寫作「添水」，同時用漢字表現出其功能。不過如果去京都詩仙堂，你會發現那裡的そうず卻寫成了「僧都」。發音上也是そうず，但轉成這樣的漢字寫法，就有了不同的意涵，凸顯出由自然機制產生的規律「咚」的聲響，很像敲木魚，變成是自然模仿人，一個和尚緩緩地敲木魚念經，甚至是因為昏昏欲睡以至於久久才敲一次木魚。人為與自然巧妙結合呼應，浮現出一份禪意來。

理論上日文中的每個漢字都有對應的聲音，都能還原為聲音，但漢字和假名就是不一樣，必然帶著形體所顯示或暗示的意義，在聽覺之外，多增加了視覺的元素。《文章讀本》中谷崎潤一郎就特別強調了這一點。

谷崎認為：日文中代表聲音的假名，和從視覺產生意義的漢字，從來沒有完全融合。而且他反覆強調日語是很貧乏的語言，沒有足夠的語彙，必須要靠漢字來擴充語彙。像是漢字中的「開」、「啟」、「張」、「擴」這幾個字有著不同的意涵，然而在日語中，如果單純聽聲音，這幾個動詞只有同一個聲音，是同一個詞語。日語中的一個動詞，必須靠漢字才能增加出四種、甚至更多的意思。

他寫《文章讀本》的前提就是如何運用如此貧乏的日語寫出好文章來。所以這是一本純粹針對日文、針對日文寫作者發言的討論，使用中文的人看了完全無法應用在中文寫作指導上。

關鍵重點在於要充分認知日文的特性——一部分是聲音的流盪，然而另一部分是視覺性的，會將流盪的聲音止住，讓聲音停滯。假名的部分和漢字的部分有不同的聲音效果，不同的聲音節奏，讓人閱讀時在聽覺和視覺間頻頻游移、切換。

谷崎潤一郎自己是從翻譯《源氏物語》得到深刻的體會，區分出日文中的「和文體」與「漢文體」，或說「和文調」與「漢文調」的差異。對他來說，這是最重要的文體觀。並不只在運用多一點或少一點漢字，而是寫出屬於那一種聲調的文體。「和文體」基本上是聲音性的，追求流暢而華麗的聲音，要盡量讓聲音豐富為其美學規範。而相對地，「漢文體」是簡潔而固定的。

語言中的「聲音」性質

《源氏物語》帶著強烈的說話性質，是女性在宮中說話的語調，而且是女性之間藉說著有些瑣碎、八卦的故事來彼此娛樂、打發時間的風格。谷崎潤一郎對這部作品如此在意，根源於他自己是一個對聲音極其敏感的人。

這對我們是很好、很重要的對照提醒。處於中文閱讀環境中，人們很容易失去聲音敏感性，甚至連自己不再注意到文字的聲音性質都沒有自覺了。我們會單純將閱讀當成是視覺性的，渾然忘卻了每一個字的背後都有一個相應的聲音，閱讀時這些隱性的聲音仍然在響著，在我們心中不自覺地干預我們對於字句的感受。

二〇〇〇年到二〇〇四年我曾經在《新新聞周刊》當了四年半的總編輯。那時候這本雜誌在台灣影響力很大，然而以政治新聞、政治評論為主體，卻使得我們很難推雜誌廣告。我們有新聞倫理上的堅持，完全不接受置入性廣告，我們的讀者被視為是有強烈意見卻又不見得有高收入的人，廣告對他們作用不大，所以客戶不會積極想要利用這本雜誌來推廣銷售。而當時台灣媒體環境已經不可能單靠賣雜誌來維持營運了，印刷、發行成本節節升高，要有真正的盈餘，非從廣告來不可。

於是就產生了我當總編輯那幾年遇到的無奈情況。《新新聞》支付不出比較高的薪水，除了少數幾位資深記者之外，只能招收年輕的、沒有什麼經驗的同事，然後靠著幾個在新聞界打混夠久的「老賊」從頭訓練起。但等到將這些年輕人訓練得差不多了，很快地，同業就會用比較優渥的待遇將我們的記者挖走。

那時候我們常常自嘲：辦雜誌是副業，真正的本業是開訓練班，幫全台灣的新聞媒體訓練出一批又一批的好記者。那真是令我們心酸的社會貢獻。

我記得很清楚，有一陣子我幾乎可以準確預見哪一個記者即將被挖角，大概多久之後就要收到這個年輕人遞上來的辭呈。那是一種不怎麼值得自豪的能力，來自於我看這位記者寫的報導稿，尤其特別看他有沒有學到如何運用聲音，在文字上安排長短錯落的句子，將稿子念出來時是否流暢好聽。一旦在文字上有這種素質，意味著不管他寫的內容是什麼，讀者會覺得好讀而且有說服力。當然那些專業、格外注重文章說服力的雜誌編輯、高層內容主管就會動念來挖角了。

注意到中文文字內部的聲音很重要。很簡單的方式就是將文章念出來。一旦念出來，就會了解有些寫法好念，有些卻很彆扭很不順。通常也很容易能夠察覺：之所以彆扭是因為有些句子沒有頭、有些句子沒有尾，更有些句子沒頭沒尾。再進一步，你會意識到聲音有調子、有節奏、有韻律，有好聽的有不好聽的，有吸引人自然進入的，也有讓人感到煩躁不耐煩的。

一個好的作者，能夠吸引廣大讀者的作者，像是龍應台，寫的文章會有特殊的節奏，創造出吸引人的聲音風格，即使是同樣的內容，用那樣的節奏、風格寫出來，能夠讓讀者覺得特別親切或特別雄辯有理，因而願意讀、願意接受。這是真正修辭能力與效果的基礎。

台灣現在的語文教育完全沒有這方面的概念，創造出一套實質上破壞小孩語感的方法。用比賽要小孩硬認硬背一些可能一輩子用不到的字如何發音，用考試要小孩背一堆修辭學的專有名詞。然而最基本的，讓孩子聽到自己說的話，知道說話聲音和內容之間的關係，再理解文字內部的聲音，聲音的好壞與說服力，這些連教學的老師都沒有概念，連改考卷的老師都不覺得自己需要學習、需要掌握。

難怪我們的生活中充滿了難聽的聲音，充滿了沒有說服力的聲音，不能用節奏與韻律來吸引人，要人家注意時就只能加大音量，大吼大叫。

古日文語感的《源氏物語》

谷崎潤一郎非常重視語言聲音，川端康成也是。所以要真能體會他們作品的內涵與美學，我們自己先得要試著從中文的聲音和節奏上去訓練語感，至少明瞭語言聲音能夠產生的好壞美醜差異。

龍應台有龍應台的聲音，蔣勳有蔣勳的聲音。用了龍應台的節奏與韻律，會讓讀者聽著那潛在的聲音感覺她說的話都很有道理；用了蔣勳的節奏與韻律，會讓讀者聽著那潛在的聲音感覺他描述的現象或感懷，都那麼美。

我的老朋友，台灣傑出的現代詩人楊澤從詩集《人生不值得活的》之後，將近二十年沒有出版新的作品，一直到二〇一七年才又出版了《新詩十九首》。前後對照最突出的是，他勇於放棄了之前在詩中的獨特聲音，有意識地開發、換上了另一種聲音。

楊澤原本就是台灣現代詩人中最重視音樂性的。最早的《薔薇學派的誕生》還聽得到類似楊牧的節奏感，然而到了《彷彿在君父的城邦》，他就打造出自己的聲音了，一種仍然高度抒情，卻比楊牧更多加了搖滾節奏，速度更快也更多轉折的音樂性。

二十年後，他高度自覺地讓詩的聲音反璞歸真，回歸到更像歌，或更像中國近體詩崛起前的古代五言詩的素樸形式。詩集取名為《新詩十九首》，明顯是以《古詩十九首》為對應的，《古詩十九首》還沒有受到「四聲八病」等韻學規律的限制，在五個字一句的約束下，詩句內部的聲音卻相對自由。楊澤也用了簡短的句子，句子內部滉漾流盪的韻律創造出新的音樂性來。

在《文章讀法》中，谷崎潤一郎提到了在他之前的《源氏物語》譯本，那是出現在前一個世紀之交的與謝野晶子的版本。那個譯本出版時，找了當時的大文豪森鷗外寫序，序言中森鷗外婉轉地表示自己讀《源氏物語》常常沒辦法讓文章內容進入腦袋中，因而會有「這真的是名著嗎」的疑惑。

說白了，森鷗外無法欣賞《源氏物語》，而且他不覺得那是他的問題。因為事實是，和他有相同感覺的人很多，尤其在西方現代文學進入日本後的時代更多、更普遍。一千多年來，《源氏物語》當然得到了毀譽褒貶不同的評價，雖然有經典地位，但也常常有人表示對那樣支離破碎又極度囉嗦的寫法卻步，沒有辦法讀下去這本書，具備太高的催眠效果了。

谷崎潤一郎對於這個現象，提出了鮮明區別的看法——那些討厭《源氏物語》的人，幾乎都喜愛「漢文體」勝過「和文體」。他們認為文章與其流利，不如簡潔。倒過來看，《源氏物語》可以當作一個人的文章美學觀傾向於「漢文體」或「和文體」的試金石。

對谷崎潤一郎來說，《源氏物語》將古日語的長處發揮得淋漓盡致，也因而喜愛男性化、簡潔有力、聲韻清晰「漢文」式語調的人，會覺得《源氏物語》不乾不淨、拖泥帶水，沒有清楚的表現，將一切敘述都放在朦朧之中，得不到斷然的快感。

他用這種方式明白地區分界定了「漢文體」與「和文體」。

《細雪》的「和文體」展現

在谷崎潤一郎的文體觀中，「漢文體」是男性的，聲音鏗鏘有力，「和文體」的聲音卻是拖連的，黏在一起延綿不斷。而聲音不可能獨立存在，聲音的表現必然影響內容的呈現。「漢文體」說出來的內容明確且帶有權威強制性，「和文體」則充滿了猶豫不確定，似乎說話的人自己都不是很知道要說什麼，更沒有把握自己要說的是對的、是值得說的。

然後谷崎潤一郎將這樣的文體劃分，運用在對於同代作家的區別上。他舉例：夏目漱石、志賀直哉、菊池寬、直木三十五是「漢文體」的代表；而泉鏡花、上田敏、久保田萬太郎、宇野浩二是「和文體」的代表。

這份對照名單放在華文閱讀的環境中，有格外鮮明的準確性。在華文世界中，夏目漱石名氣很大，作品中譯也很多，志賀直哉的《暗夜行路》是公認的日本文學經典，歷來出版過好幾個中譯版本。直木三十五因為菊池寬所創辦的「直木賞」而長期留名，和「芥川賞」緣由的芥川龍之介都得到公認的地位。

最具代表性的，是谷崎潤一郎列出的屬於「和文體」幾位作家，相較之下都在華文世界沒沒無名，很難找到作品中文譯本，很少有中文讀者。

谷崎潤一郎要凸顯的，是「和文體」的委屈，在日本受到的重視程度遠不如「漢文體」，而他將自己視為屬於「和文體」的作家，而且擔負有要看守並提倡

「和文體」的重責大任。

「漢文體」和「和文體」的區別，還可以用其他幾種方式來表達。例如「清晰派」與「朦朧派」，或是「斬截派」（「流利派」）與「綿延派」，或是「固體派」與「液體派」，乃至於「男性派」與「女性派」等等。

對谷崎潤一郎來說，還有一個更乾脆更清楚的區別描述法——一邊是「源氏物語派」，另一邊是「非源氏物語派」。他的態度如此明確堅決，看得出《源氏物語》對他的影響如此關鍵，要讀要理解谷崎潤一郎，尤其是要讀要理解《細雪》，我們還真的不能不讀《源氏物語》，以《源氏物語》做為參考基礎。

在《文章讀本》中他說：

源氏物語派的文章流暢如水，毫無停滯的地方，毫無停滯，一直不斷流下去的調子。寫這種調子文章的人不喜歡凸顯一字一語的印象，就這樣，從一個單字移到下一個單字，而且為了要讓連接的地方不明顯，都儘量寫得平順、流暢，從一個句子到下一個句子的移動，也把句子跟句子之間連接的界限給弄得模糊。在哪裡是前一個句子結束，哪裡是後一個句子的開始？刻意不清楚，接續界限不清的好幾個句子串聯下去，會變成很長的句子。

這種句子不是隨手任意能寫得出來的，需要相當的技巧。在日文中要串聯兩個句子，因為沒有適當的關係代名詞，為了避免混淆，不得不將句子拆開來。但是擅長寫「和文體」的人有本事可以不需要任何關係代名詞將句子一直延續下去。而這就是《細雪》的寫法，經常句子和句子間換了情境或換了主體，谷崎潤一郎都還不換語氣不斷句，讓句子持續綿延，那在日文原文中很難寫，也是翻譯時最難仿作譯出來的。

例如原先是描述幸子心中的想法，然後她丈夫來了，轉而和她丈夫說話，一個是內心獨白的聲音，一個有對象的發言，而且看起來是兩種內容，但谷崎潤一郎會讓句子不中斷，從內在獨白流到外向發言。如此而產生了分成兩句不會有的一種特別表現——內在獨白與外向發言之間有著微妙的、似有似無的連結，而不是單純的、分開的兩回事，不完全是丈夫的出現打斷了她的想法，她的想法一定會影響她如何對丈夫說話。

貝多芬與舒伯特的對比

對於聲音的講究，也就是一種類似對待音樂般的態度。我們可以用西洋古典音樂的發展變化，當作谷崎潤一郎文學態度的註腳補充。

西方古典音樂的作曲家中，可以粗略地分成兩種不一樣的創作語法，一種是 **discursive**（敘事性）的，要描述什麼，會表現音樂上的什麼模式與結構；另一種則是 **emotional**（感受性）的，主要在於訴諸感情與感受。類似的分別，在現代詩作者與作品中也可以清楚地看得到。

聆聽、閱讀前一種作品，要去分析要去解釋，才能充分欣賞作者的巧思與創意。這種作品有著理性的安排，有些重要的元素與構成，是要讓人去想去了解的。然而後一種作品，卻不是要讓人「知道」什麼，而是要讓人「感受」什麼。前者的敘事性與後者的感受性形成對比，從而發展出很不一樣的形式，用不一樣的方式說話。

那種discursive的音樂是線性的，有清楚的方向感。古典主義音樂在海頓手中確立了方向的重要性，「呈示—發展—再現」是一種固定的方向，「快—慢—快」是一種固定的方向，「迴旋」形式的一再重來卻又有延伸變化，也是一種固定的方向。而且落實到最基本的樂句單元，前面漸強到中央之後漸弱下去，這樣的方向安排構成最自然的一個句子。

到了貝多芬的手中，就更明顯了，要有清楚的結構，結構帶有近乎不可改變的嚴謹性，只能用這種方式將音樂中要表達的內容呈現得清清楚楚，每一個段落、甚至每一句都有在整體樂曲中的特殊作用、特殊意義，所以用這種方式放在這裡。即使是有一段聽起來調性不明，在不同調之間曖昧徘徊，但這樣的模糊不是真正的模糊，是為了做為後面豁然開朗的前導鋪陳，仍然有著樂曲整體間的明確作用。

然而我們不能用聽貝多芬的這種嚴謹理解方式聽舒伯特的作品，儘管兩個人的創作時間很接近。舒伯特作品有著高度的即興意味，那就是逆反理性設計安排的。去追索理解舒伯特的方向、進行、結構，我們要嘛被他那樣不斷轉調迴繞的音樂弄得昏頭了，要嘛被那似乎無止境的重來反覆樂句弄得很不耐煩。

舒伯特沒有要用一個個樂句，樂句與樂句間連結形成的結構順序講些什麼。沒有要你去聽清楚每一個句子，思考前一句和後一句的關係道理，而是要你去感受音樂，音樂帶來的氣氛與感覺。

很明顯的，聽蕭邦音樂的方式，應該比較接近聽舒伯特作品，而不是貝多芬。蕭邦鋼琴音樂最迷人卻也是在演奏上最困難的，就在於他的樂句沒有明確的開頭與結尾，不會有這句到這裡結束，下一句從那裡開始。這個音，或這組音，既像是屬於前一句，又像是應該歸於下一句。

蕭邦的樂句有著近乎可以無限延長的彈性，每一個斷句都不是確定的，毋寧比較像是不得以不能不勉強稍微區分一下前句和後句，但前句和後句仍然彼此千絲萬縷地聯繫著。

像他的〈幻想波蘭舞曲〉多麼難演奏啊！從第一個和弦就必須創造出往後連結的一種高度神祕感，每一個句子出現都必須和前一句似連非連，又要勾出下一句營造的氣氛，綿延不斷，一直流淌一直前後迴盪。

如果沒有一種想將樂句延續下去，想要試驗樂句的各種延展性的衝動，是不可能彈好〈幻想波蘭舞曲〉，甚至彈不好任何蕭邦作品。

話語中的性別特色

谷崎潤一郎真的很重視聲音的結構與效果，他自覺地將自己擺放在「和文體」這邊，還刻意挑選志賀直哉作為對面「漢文體」的代表。他認為那一代的作家中，志賀直哉的文字最符合「漢文體」的要求，充分做到了「簡潔」，完全沒有一個贅句，像是全身沒有一分肥肉似的。

他喜歡用志賀直哉作品來解釋「漢文體」有什麼樣的美學標準，在這種美學中適合表達什麼樣的內容，展開什麼樣的情緒，與「和文體」很不一樣。

《暗夜行路》是一個男人徬徨奮鬥的故事，而用「和文體」寫成的《細雪》卻必然帶著濃厚的女性意味，不可能挪用來寫男人。「和文體」的性別有一部分來自《源氏物語》，另一部分，更根本的，來自日本社會中女性說話的方式。

男人與女人使用語言的方式不一樣，在傳統日語上有幾項重點：

第一是女人說話帶著不明確、不決斷的態度，不會經常使用肯定句、陳述句，而是更多否定句或疑問句，乃至於否定和疑問的混和。要表達肯定也會用「不是這樣嗎？」的句法，簡單的陳述也會加上主觀感覺的形容詞。還有女性不會輕易動用命令式，卻有很多添加否定疑問結尾的祈使句如「不能拜託你去……嗎？」的句法。

平常語法中形成問句，要有か在句尾，然而女性語言中很多不以か結尾的句子都能以微揚的語氣形成「準問句」，問句口氣比實際文法呈現的要多得多、普遍得多。

如此等於是藉由磨去了語言原本必然的發言立場，而使得語言沒有那麼多稜角。層層的問句到後來分辨不清究竟是對聽者提問，還是對說話的人自身提問，產生的效果是對於所說的話並不堅持，甚至沒有自信。日本傳統女性語言的出發立場是：我要講這件事情，我猜你大概會反對，可是你的反對可能不是完全百分之百，所以也許我是對的。在否定之中保留肯定的可能性。

運用雙重否定，先站在你的立場，覺得你不會同意我，然後尋求也許有機會你的不同意不見得是對的。所以連環的問句構成反覆商量的氣氛，這樣好嗎？這樣可以嗎？那就不只是請求回答，而是提供讓對方做決定。

第二是女性的語言會不斷延長，好像話總是沒有說完，就不可能決斷、不會清楚肯定，一直在猶豫游移中。女性說話時會不斷在句子裡增添各種看似沒有實質意

義的聲音，愈長的句子就顯現愈恭敬的態度，所以「敬語」基本上都是以拉長字句或語法來構成的。在日語的邏輯裡，愈簡短的表現方式就愈粗魯，ある很沒禮貌，あります比ある長也就比ある正式、有禮貌，而ございます更長也就更客氣了。

有一些過去式或被動式語法，也會因為有增長語句的作用，而在不見得有過去或被動意味的句子中，用來形成敬語。敬語有極其豐富的變化表現，又是日語的特色，是其他語言所沒有的，因而如果放棄這種語法，等於是放棄了日語作為一種語言最大的資產。

刻意被拉長的句子

現代人會覺得日語「敬語」很囉嗦、很空洞，講了一大串話，其中只有一點點實質內容，是一種純粹形式上的表現，不改變內容，只改變態度。不過谷崎潤一郎在這點上有著堅決的不同看法。

他從《源氏物語》中學到的，要從《源氏物語》中去復興的，是長句真正的使用法。句子裡將不重要的字詞拉長，同時省略了重要的字詞，像是挖空了關鍵的內容，然後填塞上敷衍的表層，但這種句子真正的寫法與讀法，是要創造出一個一個「陰翳」的意義空間，在那裡恍惚若有物，讓人好奇想要靠近，無法再靠近時只能瞇著眼並動用想像力來猜測陰翳中藏著什麼。

這就和他的《陰翳禮讚》結合在一起，房子裡最重要的部分，最私密也因而最關鍵的事會發生的地方，一定有著重重的陰影。最美的事物絕對不會是在大太陽底下看得清清楚楚時體認到的，而是有陰影會有遮掩，使得想像力得以藉補充產生比現實更美好、現實中不可能存在的虛實之際情景。

最有意義的話，是沒有完全說出來，有所隱瞞、有所空缺的話。因而書寫的行動，不是一般認定的「填充」，毋寧是要先「挖空」，決定了要挖掉哪些，將哪些置放在陰影中，然後才小心地環繞著這些空洞裝填許多字句，不是讓字句表達意思，而是讓字句呈現空洞，讓人意識空洞的存在，去探索去填補空洞。

一個只有五個字的句子無法形成環繞空洞的作用。句子拉得愈長，愈能讓人感覺、好奇、疑惑說了那麼多卻一直沒講出來、講不出來的是什麼。

那是完全不一樣的行文表達方式，和語氣有很密切的關係。需要運用一種綿延的語氣，綿延不斷產生繞圈圈的感受，不是直來直往的方向性，才會出現一個空洞的中心，想知道那繞著的中心在哪裡、是什麼、有什麼？

綿延不清楚切開一段一段，前前後後的句子都彼此相關、彼此干擾，沒有明確獨立的意思，於是文字的意義就成了空洞或黑洞。

對照中國，語言文字都帶有高度的男性獨占特性，女人很沉默，不容易找到女人的聲音，然而在日本，從平安朝以降，女性語言一直傳留下來，以完全不一樣的方式對待被壓抑不能公開表達的意念與情感。他們說很多話，話語滔滔綿長，卻將最主要、最重要的放置在沒有講出來的空白、沉默部分，藉由滔滔不絕中的空白、沉默，反向地凸顯出來。

「和文體」有很多聲音，卻絕對不是sounds and furies，聲音裡面沒有那麼多情緒，情緒是在由聲音包圍的無聲之處，在聲音之外，在聲音平息了之後的沉默裡。長期浸淫、思考《源氏物語》之後，谷崎潤一郎在這種聲音的敏感與洞見方面，超越了所有的人。

雖然是個男人，但谷崎潤一郎認定傳統女人說話的方式比男人的漂亮美好，而且更適合自己，因而透過幾度重譯《源氏物語》努力模仿學習，在《細雪》書中全面採用。

到這個時候，他認為更適合自己，自己更能熟練運用的，反而是女性的聲音。過去他所寫的小說已經是以女性經驗為主，然而多半習慣從男人的觀點來表現，為了凸顯女性經驗，於是小說中的男性多半是被動的，被女人魅惑，甚至被女人壓制的。

那時候他還沒弄清楚自己和女性聲音之間的關係，一直到《源氏物語》開啟了他、說服了他，讓他形成了從「和文體」到強調「陰翳美學」的信念，自覺地離開了「漢文體」的世界，不需要再和男人式的小說掙扎，體認了聲音、文體的區別，回頭看自己過去作品中寫出來的男人，都是像女人般的男人，帶著被動、陰鬱、黑暗性質的男人，生命不會是飽實的，而是充滿了洞，充滿了沉默。

關於《細雪》的中譯本

經歷了長期《源氏物語》的洗鍊之後，谷崎潤一郎終於用自己所選擇的語法、腔調與內容，自在地結合在一起。這也就意味著他背叛了自己的性別身分，轉而以女人的聲音好好地講述女人的經驗與情感。

這過程中意義非凡的是他必須先經歷對於「和文體」自覺地重新塑造。在「和文體」的籠罩下，《細雪》中的男性角色，也都帶有高度陰柔的特性，小說中唯一的例外，是鶴子的丈夫，照道理講應該繼承蒔岡家業，卻投身入現代浪潮而背向、背棄傳統的大姊夫，他不在「和文體」的範圍中，必須以「漢文體」來呈現這個人。

稍微能夠跨越語言障礙體會谷崎潤一郎「和文體」的一種方式，是拿日文本的《細雪》和你手中閱讀的中文譯本對照一下，翻到同一章，即使你完全不懂日文，也還是可以透過漢字寫的人名找得到同樣的段落，然後比比看谷崎潤一郎寫的日文有多長，翻成了中文又是什麼樣的長度。應該沒有例外，中文都比日文短多了，有些句子甚至會讓你對照長度時嚇了一跳：日文那麼一長串，中文怎麼只剩下這麼一點？是譯者偷懶減省了什麼內容沒譯出來嗎？

先別急著怪譯者，大部分的情況是譯者省略了連綿的語氣詞，事實上那也譯不出來的，中文沒有這樣拉長說話的。而且你會發現，放在引號裡的對白內容譯成中文反而長度差別不大，會有令你驚訝大差別的句子，通常在谷崎潤一郎所使用的作者聲音中。那是谷崎潤一郎的自覺磨練選擇，他喜歡平假名不斷綿延下來製造的美感，聲音與型態上的雙重美感，聽覺與視覺上的雙重美感。

因為谷崎潤一郎有如此複雜、深刻的文體觀，所以對於他的作品中譯，尤其是

《細雪》的中文譯本，無法輕易地進行評斷。應該這樣說吧，首先這樣的文體本質上就抗拒被翻譯成為中文，將刻意保持流盪不定的假名轉寫成一個個固定不動的漢字。將《細雪》譯成中文根本上牴觸了谷崎潤一郎如此在意的「和文體」與「漢文體」差異。

其次，如果將《細雪》譯成很好很典型的中文，等於是將谷崎潤一郎的「和文體」徹底「漢文化」，那就完全失去了他盡量不用漢字，努力塑造的陰柔、陰翳之美。典型的中文沒有這種綿延不斷的語法，如果要譯成通順正統的中文，就必須先進行明確斷句，將句子變短，讓每一個句子有清楚的結構、清楚的意涵，在行文中補充很多主詞、受詞，加很多逗號、句號。

這樣的譯本讀起來比較順，比較好讀，但不見得就是好的譯本，因為失去了谷崎潤一郎精心費力營造的「和文體」與女性聲音的風格。如果真要接近、重現谷崎潤一郎的文體，那麼就必須打破中文習慣去打造、或至少去想像一種更加綿長不斷，因而帶有高度不確定性的文字。

你不見得能找得到用這種方式翻譯的《細雪》，但你可以藉由體會朝著這種方向試驗的傑出中文作品來取得想像與理解的能力。我會特別推薦大家在讀《細雪》之前，或讀《細雪》的同時，也讀王文興的《家變》和《背海的人》，或是舞鶴的《悲傷》和《思索阿邦卡露斯》。

他們都以拒絕依照既有中文斷句的方式，尤其是刻意盡量加長句子，到達中文文法的極限，來創造新的文體，乘載原本的中文無法承載的糾結情感。這種實驗很不容易，經常流於只是取消了標點符號和分段，將一個個句子堆疊連在一起而已。因為中文的結構性極其強大，必須要有像王文興或舞鶴那樣的天賦與努力，才能突破寫出中文讀者能讀得懂，卻又突破了中文斷句規範的文字風格。

還有一個建議是在閱讀《細雪》之前，先花很多時間熟讀陳映真的小說，尤其是他後期從《華盛頓大樓》系列以降的作品。將《山路》、《鈴璫花》、《趙南棟》多讀幾次，不只為了讀故事，更為了熟悉陳映真那種由長句所形成的文體。

陳映真熟悉日文，為了描寫老一代台灣人的思考與對話，他精心設計了這樣一種介於中文與日文之間的語言，每一個字都是中文，但其節奏與部分字詞的連結方式卻是日文式的。於是即使是不懂日文的讀者，都能在閱讀中暫時離開了習慣的中文語境，認知這些人以日語思考和對話所產生的特殊感受。

趁著還對陳映真的語法印象深刻時去讀《細雪》的中文譯本，然後將你所讀到的文字想像改動一下——如果在陳映真筆下，這個句子會被改寫成怎樣？經過這樣的心靈練習鍛造，你應該會比較知道原本谷崎潤一郎文字讀起來的韻律感、節奏感，以及這種節奏感、韻律感會如何影響對於書中描述的不同感受。

陰翳角落裡的雪子

《細雪》小說中的第七十章記錄了雪子的又一趟相親旅程，其中很重要的一段插曲是去看了螢火蟲。相親結束後，雪子要回東京大姊家，陪她去的二姊幸子則要回大阪。火車從岐阜開向名古屋，幸子和雪子都在車上打瞌睡，車廂裡有一個陸軍軍官開始哼唱舒伯特的〈小夜曲〉，輕聲慢唱。幸子和雪子迷迷糊糊地弄不清楚誰在唱，不知道那聲音從哪裡來的，剛睡醒的人甚至不知道自己在哪裡，意識中只有朦朧的歌聲。

綿延的「和文體」最適合用來傳遞這種模糊朦朧的感覺。軍官接著改哼〈野玫瑰〉，幸子、雪子她們看過電影，也熟悉這首歌，就忍不住輕聲跟著唱了，於是車廂裡原本的陌生人竟然就跟著軍官一起唱歌了。軍官受到鼓舞，歌聲愈來愈大，然而一下子意識到自己像是在表演而不好意思吧，到站時匆忙下車，突然消失了，幸子姊妹甚至來不及看見他的臉長什麼樣子。

描述這段意外浪漫片刻時，谷崎潤一郎沒有告訴我們雪子的主觀感受。得到後面姊妹要分手了，在火車站，雪子搭的往東京的車比較晚到，幸子、妙子都上車走了，剩下她一個人，她不想回東京，而且在這短短的時間中，她經歷了那麼多。相親、去抓螢火蟲、在車上聽見軍官唱歌、和姊妹分離，而且為了省換車的波折，她搭了慢車去東京。在慢車上，她迷迷糊糊又睡著了。

上一次她在火車上迷糊醒來，聽見軍官的歌聲，這次她是朦朦朧朧地感覺有人在看她，甚至可能是因為被人盯著看而使得她從瞌睡中醒轉。為什麼有人這樣執著地看她？她醒來看到那個人，卻要過了一會兒才想起，那是十年前曾經相親過的對象，也是她人生中第一次相親的對象。

那時候她二十歲。然後在這裡，谷崎潤一郎給了我們唯一一段雪子內心的描述，雪子對自己解釋，那個人會這樣盯著她看，應該是很驚訝、很意外，十年前相親的對象，怎麼會十年後幾乎都沒變，因而必須看得仔細些，確定真的是十年前的那個人吧！

在看起來如此順從沒有意見的雪子心中，其實有她的強烈自尊，以及一種深深的悲哀。十年就這樣過去了，她還停留在相親尋找對象的階段，她能自我安慰的只有自己仍然年輕的外貌。然後她回頭想，自己當年為什麼沒有選擇這個人？如果選擇了這個人，當然不會有現在還要去相親的這些事了。

她想起來了。當時對這個人的印象是髒髒的、土土的，還有，很討厭幫她安排相親的姊夫擺出一副「都安排好了，這個人就是妳丈夫了」的態度。於是她不願意接受，甚至和姊夫有了衝突。小說之前就讓我們知道當蒔岡家分為「本家」和「蘆屋」時，兩個妹妹對姊夫有意見，所以常常不待在「本家」而跑去「蘆屋」，一直到第七十章，我們才知道過程中發生了什麼事。

在慢車上，雪子接著想，那個人應該不是要去東京，很少人會像她這樣搭慢車長途到東京去。果然到了一個小站，那個人下車了，雪子心裡就想：還好沒有嫁給這個人，住在這種只有慢車才會停的小地方，伺候丈夫幫他養小孩，那是什麼樣的人生？

小說書名是《細雪》，寫法是環繞著雪子，但呼應了「和文體」的女性聲音表現方式，小說中反而最少直接呈現雪子，雪子是以一種空缺的方式存在的。綿延不斷的句子中說了很多，卻在過程中讓人意識到有什麼被遺漏了，從這份搜尋遺漏的意識中體會到原來沒有直接說出來的，才是最重要的。

《細雪》的寫法如同這種語言，從幸子的角度說了好多蒔岡家的事，但閱讀中我們卻必須在這些細節裡去問：有什麼事沒有說的？

沒有說的是雪子自身。雪子被擺放在蒔岡家所有細節環繞形成的空洞裡，只有那麼樣驚鴻一瞥的小小段落，谷崎潤一郎才將雪子放出來，讓我們直接看到她。火車到了東京，這一章最後一段如此收尾：

那一晚她十點多回到道玄坂的家，跟那個男的邂逅，沒跟姊夫講，也沒對姊姊講。

在家裡她就是陰翳式的存在，現在她在小說裡又回到那樣的陰翳角落裡了。

從聳動到感動的創作改變

《細雪》中妙子的形象比雪子清晰得多，她有轟轟烈烈的兩段感情故事。然而寫板倉之死時，谷崎潤一郎用了同樣的挖洞、空洞手法。突然板倉就死了，只告訴我們妙子收到鄰居的來信知道這件事。刻意節制不去凝視、形容妙子的情緒反應，只說了妙子去參加告別式，回來之後家人就當作什麼事都沒有發生過。

板倉之死應該帶來的巨大情感衝擊，谷崎潤一郎故意不寫在事情發生，讀者會預期的時序裡。然而小說接著描述妙子和奧畑之間的關係變化，我們會知道，我們應該知道，那中間夾了板倉之死所帶來的影響，因而得以回頭去設想、去理解妙子的心情與可能的反應。

好的文學作品最能感動人的地方，往往不是呼天搶地的激烈情緒描述，而是藉由低調的沉默，在閱讀中像是挖出一個枯井般，讓讀者掉進去，然後在那裡面自己去體會、去咀嚼那份傷痛，甚至絕望。

谷崎潤一郎和日本傳統文學有長遠、深刻的關係。一方面也是受到時代流行氣氛的影響，在他年輕時參與過「怪談」的寫作。那是從日本傳統中找出怪誕的故事，進行現代改寫。怪誕的故事容易引起讀者的好奇，帶來從好奇、驚訝、恐懼到噁心等激烈的反應，而現代筆法又增添了怪奇故事的心理或社會肌理，故事提升到寓言的層次，有了更高的文學意義。

在那一代中最擅長將「怪談」進行現代轉化的，首推芥川龍之介。谷崎潤一郎有《春琴抄》，川端康成也有《片腕》之類的作品，然而相較於他們後來更明確的自我風格，這些作品就不那麼出色了，也遠遠比不上芥川在這方面的成就。

從谷崎潤一郎的創作歷程上看，那就明顯地區分出受到《源氏物語》磨練改造之前與之後的巨大差異。在「之前」，谷崎潤一郎運用傳統的方式是創造「聳動」，但在「之後」，他往靜水深淵之處沉潛下去，製造出來的是「感動」。

這樣的轉化得來不易，需要許多外在非個人能控制的因素配合，但更需要強大的自我意志去實踐，所以一直要到谷崎潤一郎三度翻譯《源氏物語》，五十多歲時寫《細雪》，這種風格才算完成，可以視之為他的「晚期風格」。為了要到達這樣的突破，他必須覺悟在文體上認同女性，也必須徹底理解選擇關西作為他的心靈故鄉，內化關西腔來接近、重建「和文體」。

因為這是「晚期風格」，谷崎潤一郎和同樣具有柔美文風的川端康成都意識到一件事：在強調陽剛價值的軍國時代，男人在老化的過程中，會愈來愈接近女性，在失去陽剛、失去力量這件事上，老人和女人是一致的。所以那樣一種女性聲音，何嘗不同時也是老人聲音？老人也是囉嗦嘮叨，一開口就說一大串話停不下來，但話中沒有緊實的內容，一直空空洞洞地淌流過去。

谷崎潤一郎有《瘋癲老人日記》，川端康成也有同樣類似瘋癲老人題材的《睡美人》，不過這方面最深刻最值得探索的是川端康成的《山之音》，以老人面對年輕兒媳的特殊感情打造出一個豐富的陽剛退化之後卻又無法理所當然陰柔的內在主觀世界圖像。

《細雪》對於谷崎潤一郎來說是唯一之作，他將適合以「和文體」來表達的內容，集中擺放進去，以至於不只和之前的作品風格很不一樣，和之後的作品也很不一樣。彷彿像是在《細雪》中用盡了這方面的蓄積題材，寫完《細雪》之後，谷崎潤一郎的作品就又重新染上了「怪談」氣息，雖然還是用「和文體」寫，但題材上重新出現了種種怪癖與奇情。

寫出《細雪》來，從一個角度看，是谷崎潤一郎生命中的意外。一方面是和《源氏物語》的長期糾纏，另一方面同等重要的因素是遇見了他的第三任妻子松子。對於松子他的付出最多最深，也才得以運用松子家的背景當作《細雪》小說中的寫實細節，如此而找到了與「和文體」形式細密妥貼的內容，成就了這樣一本經典之作。

因為《細雪》的素材不是他自己的，又寫成了那麼大的一本小說，於是在《細雪》中就耗盡了，《細雪》成為他創作生命中的獨特高峰，和其他作品都拉開一段不小的距離，昂然站在那裡。

第四章 「陰翳觀」的寫作試驗

創作歷程的轉捩點

依照谷崎潤一郎的劃分標準，夏目漱石的作品是屬於「漢文調」的，除此之外，還受到西洋小說強烈的影響。而谷崎潤一郎到後來刻意地在這兩方面都走了不一樣的路，自覺地要表現「和文調」，寫「和文體」，並且避開西方現代小說的結構，回歸日本傳統鬆散的「物語」閒聊風格。

夏目漱石真正創作小說的時間，只有十多年，他的作品密集產生，因而沒有明顯的不同時期區別。那是一種爆發式，因為晚出發，似乎又預見自己的早逝，而在短時間內將累積的小說思考與題材迫不及待統統拿出來的創作經歷。所以在短時間內，夏目漱石不只寫了很多作品，而且這些作品呈現不同風格上的追求與表現，不同風格間不是逐步發展變化的，無法讓我們依照時間順序去討論其前後關係。

從第一本小說《我是貓》一直到去世前還在寫、沒有完成的《明暗》，夏目漱石都還在摸索小說的種種不同寫法，並未找到、確立一種自己的風格，對單一的一種風格進行琢磨精鍊。

因而夏目漱石在創作中從來沒有遭遇一般作者會要接受的兩項重要考驗。第一是：如何找到並確認自己的風格？卻又如何不被這確認下來的個人風格固定綁死，還能在風格中得有自由的餘裕？第二是：作品開始一定大量取材於人生經驗的累積，帶有高度的自傳性，然而持續寫下去，遇到自我體驗產生的印象用完的瓶頸，那怎麼辦？

夏目漱石積累了很久才開始寫小說，而在他窮盡累積的觀察與體驗之前，也在他窮盡心中關於小說可能性的探索之前，就因為胃病而突然離世，戛然中止了他的創作生涯。

在這方面，谷崎潤一郎和夏目漱石形成強烈對比。谷崎很早開始創作，二十四歲就參與了第二次《新思潮》雜誌的活動，並開始發表小說作品。他活到七十九歲才去世，前後的創作時間長達將近五十年。

差不多是夏目漱石的四倍創作長度，於是看待谷崎潤一郎的作品，就不能不予以分期了。分期當然牽涉到讀者、解讀者、研究者的主觀，沒有必然的標準答案。對我來說，全面閱讀谷崎潤一郎作品之後，會以一九三五年作為關鍵的分期轉捩點。

這一年谷崎潤一郎開始翻譯《源氏物語》。同樣在這一年，他和第三任妻子——原名森田松子——結婚。這兩件事情匯合在一起，改變了他的生命軌跡。

取材生活經驗的《貓與庄造與兩個女人》

谷崎潤一郎在晚年時寫過幾篇非常誠實而感人的文章。其中一篇是寫和父母關係的，從看了一齣戲，戲中有久別不見的兒子去找父親，父親卻認不得兒子的情節，引發他一番回憶。曾經有一個冬夜，他下定決心去看父母，卻不要進入父母住的房子，從門外走過，從窗子透過屋裡火爐的光亮，看坐在火爐邊的父親和母親。

然後他誠實地告白，之所以和家人之間弄得那麼緊張，很大一部分來自他荒唐的男女關係，和許多女人有著各式各樣的糾纏。

然而在和「松子夫人」結婚後，這份姻緣徹底改變了他和女人的關係。人生終結處，他選擇下葬在京都法然院，事先替松子夫人留了一個旁邊共葬的穴位，今天在那裡會看到並排兩面石碑，一面寫著「空」，另一面寫著「寂」。

在和森田松子結婚前，谷崎潤一郎有過兩段婚姻，第一次是前面提過，以和佐藤春夫「讓妻」轟動文壇結束。第二次婚姻很顯然是表面的結合，因為那時候谷崎潤一郎已經和森田松子在一起了。兩個人認識沒多久，谷崎就和松子同居，因為森田不是松子的本性，是她當時丈夫的姓，她是有夫之婦。谷崎潤一郎一方面有名義上的妻子，但同時又勾搭了松子，形成三角關係。

以這種方式開始，再加上谷崎潤一郎之前惡名昭彰的男女關係歷史，到一九三五年他和松子結婚時，沒有什麼人會看好這段婚姻的長遠前景。然而這段婚姻卻長長久久延續了四十年，並且讓谷崎潤一郎寫出了很不一樣的小說。

和松子夫人婚後，他寫了《貓與庄造與兩個女人》，小說顯然來自作者的現實經驗——一個男人周旋在兩個女人，一前一後兩段婚姻中的故事。小說中寫了「貓與庄造」、「貓與品子」、「庄造與福子」等幾個不同的段落，然後用這種書名連結起來。小說中出現了「福子」這個角色，一看就知道是從谷崎潤一郎過去習慣寫的「惡女」形象中脫化而來的，她有強烈的意志，肉體與權力的雙重欲望對男人產生了致命的吸引力，於是使得男人臣服於帶有受虐傾向的關係中。

小說中有一段描寫因為貓，福子將庄造捏得渾身瘀青，男人自願受虐，將自己逼入一個愈來愈奇怪、愈來愈糟糕的境況中，甚至被福子和他自己的媽媽兩個女人聯手起來關在家裡不能出門。

這是谷崎潤一郎習慣寫女人的方式，「惡女」總是充滿了種種算計。符合「惡女」形象的，還包括庄造的媽媽，也是福子的姑姑，算計著要讓福子將她討厭的媳婦品子趕走，這樣又能得到福子家的財產。

福子不是傳統的良家婦女，年輕時就曾經鬧過兩次私奔事件，而且還都上了報。有這樣的背景她很難找到正常的婚姻了，於是從她的算計也認為能夠巴住表哥是最好的選擇，可以解決她當前的所有問題。

被送走的貓

小說從品子已經被趕出去成為前妻開始寫起。品子特別寫了一封信給取代她身分的福子，請求她將原來養的貓讓給她。這隻貓和庄造相處了十年，前面六年是他還沒結婚，還沒有品子的時候，家裡除了媽媽就是這隻貓。

熟讀谷崎潤一郎過去作品的話，很容易了解這隻貓在小說中的功能、作用。那是要顯示大男人庄造多麼可憐，夾在三個女人之間，他連其實和他最親近，比這三個女人都更親近的這一隻貓都保不住。而且這隻貓被從他的生命中奪走，也不是因為貓對任何一個女人更重要，不過就是這三個女人權力勾心鬥角中的一個工具。在高度不平等的關係下，福子強迫庄造將貓送走，他去求母親幫忙，母親卻也站在福子那邊而不理會他的請求。

不過這本小說有和之前作品不同的突破之處。那是在於細膩地鋪陳描寫庄造對貓的感情。他如何餵貓、如何和貓遊戲，然後回想貓如何出現在他的生命中。很精采的一段是由庄造的眼中看到貓生產時的模樣，如同一個少女變成了女人，呈現出不同的眼神，比他過去寫女人寫得都還要更深情、更真切。

原本在小說中為了要凸顯庄造被女人欺負的工具性的貓，卻成了最真實的情感對象。品子原先之所以寫信給福子，也是她的算計，並不是真的為了那隻貓，相反地，在四年婚姻生活中，她很討厭同住的那隻貓。品子不甘心庄造就這樣被搶走了，所以她算計如果將貓要過來，那麼疼貓的庄造還會來找她。而且她也算計到了福子不會喜歡有貓分掉庄造的注意，既能向福子要到貓，又能為了貓的事情讓福子和庄造吵架。

這樣做，品子算好了，自己怎樣都不會輸。如果庄造堅持將貓留著，那就在福子心中種下了陰影，讓她總覺得原來貓比自己對庄造更重要。如果庄造被迫將貓給了品子，那麼庄造會怨恨福子，而且庄造會為了看貓而繼續來找品子。

小說裡福子和品子是同一種女人，典型谷崎潤一郎筆下的女人，只是她們的手腕不一樣而已。然而奇特的是，當貓被從庄造身邊奪走，送去品子那裡，谷崎潤一郎卻轉而用了很大的篇幅寫貓和品子之間發展出來的新關係。

品子開始有了對貓的同情。她不喜歡貓，而且過去四年中，貓也應該能感受到自己不喜歡牠，現在卻被送到這樣一個人家裡來。貓剛到前兩天的反應給了品子巨大的衝擊。因為她無可避免地將自身的感受投射在貓身上，突然覺得這隻貓的遭遇和自己何其相似！

都是被迫從熟悉的環境裡趕出來，不只是來到了陌生的地方，而且必須過陌生的生活。更何況貓對於環境的依賴，還更勝於人，貓對自身處境更加無助，品子因而對貓產生了強烈的同情。

接下來，貓一度離家出走，後來又回來了。回來之後，貓表現了比較願意和品子親近的態度，於是又刺激了品子另一陣移情作用。她轉而理解了庄造為什麼會和貓那麼要好，在心情上她變成了庄造，那麼原本從品子的失婚立場而有的種種算計，就統統不再有效，都消失了。

男人、婚姻什麼的，這時候在品子心中突然喪失了原有的意義，和與貓之間真實的親近依賴關係相比，那些都如此表面、如此虛偽。然後小說停止在這裡，原先建構起來的懸疑——兩個女人彼此算計會有怎樣的勝負結果——不需要追述，不需要給任何答案了。

《少將滋幹之母》的後設性質

《貓與庄造與兩個女人》在一九三六年發表，谷崎潤一郎才剛和松子結婚。才剛結婚就寫這樣以前後兩段婚姻為題材的小說，而且並未給後妻什麼好形象，這也是谷崎潤一郎過去習慣的「魔性」反應，不過這部小說明顯處於他的創作交界處，仍然具備那種「惡魔書寫」的性質，但另有一股力量再將他朝不同的方向拉過去。

他開始翻譯《源氏物語》，一九四二年《源氏物語》譯到一個段落，他開始寫《細雪》。大戰結束後，到一九四九年，《細雪》完整出版了，他又回頭第二次翻譯《源氏物語》。與此同時，他寫了很神祕、很奇怪、很難讀懂的小說《少將滋幹之母》。

這書為什麼難懂，因為從書名開始就藏著我們不熟悉的典故。在《源氏物語》中，紫式部一貫是以和宮中、朝廷相關的頭銜來稱呼故事裡的角色。即使是小說中的主角「源氏」或「光源氏」或「源氏之君」都沒有統一的名字，隨著他升官變化他的稱呼。

甚至當我們現在習慣地說「源氏物語的作者紫式部」其實也有問題，「紫式部」不是她的名字，而是她的稱號。女人沒有明確的名字，隨著不同關係而有不同的方便稱號。在日本平安朝貴族文化中，就連男人都如此，公共的職位、頭銜才是辨識一個人、安排和這個人對待方式的主要依據，因而稱呼會不斷改變。

其實在中國也有類似的現象。我們現在所認定的歷史人物的名字，例如王維、白居易、張載、朱熹等，在他們的生活中幾乎沒有什麼機會用到。小時候有小名，進學之後就要取一個「字」，長大之後又會替自己取一個或幾個「號」，朋友之間互相以「字」相稱，對外則是用「號」。

另外為了表示尊敬，還常常以他的官銜或甚至以他的籍貫地望來代替。杜甫叫「杜工部」，因為他當過最高的官是工部侍郎；韓愈叫做「韓昌黎」，或康有為叫做「康南海」，表示他們是昌黎這個地方、南海這個地方最有名的人，所以只要這樣說人家就知道指的是誰。

總之，當他活著的時候，以各種方式避開他固定的、正式的名字，要等到他死了，有足夠重要性能成為歷史人物，他的名字才在後世通行。《源氏物語》最特別之處，就是那份現實感、現場感，因而所有的人都是在生活脈絡中出現，他們就不會有固定的名字。

「少將」是平安朝宮中的官名，清楚指向了他寫作的用意。他要寫的是繼承「和文」傳統的作品，有意識地排除西方文學對他的影響。這個時候他對於西方小說的新發展應該也沒有太多的涉獵，然而卻在一九五〇年代初就寫出了西方到一九七〇年代會成為創新風格興起的小說技法。

那是「後設小說」，刻意擺脫了固定小說敘述聲音隱身在故事後面，讓讀者不知不覺跟著進入敘述情境的寫法，將小說的虛構過程，呈現在讀者面前，讓讀者意識到這個故事背後有一個作者，有作者的種種設計用心。

虛實交雜的偽筆記

《少將滋幹之母》在形式上是一份「偽筆記」，假裝是在追蹤整理來自平安朝的種種文獻，那些引用的文獻，有些是真實存在的，有些是虛構假造的。谷崎潤一郎假造了一種文體，看起來像是文人筆記，一個對平安朝很有興趣的人對於那個時代事物的考據紀錄。

這位文人對於那個時代一個叫「忠平」的人產生了特殊興趣。忠平是平安朝有名的好色之徒，他的行跡散落出現在不同文獻裡，於是他就廣為蒐羅，將與忠平相關的記載做了一番整理。

表面上看起來是研究平安朝的筆記，但實際上是小說，因為裡面夾雜了許多虛構的部分。忠平、左大臣時平是平安朝確實存在過的人，但相關的紀錄事蹟卻有很多是谷崎潤一郎編造出來的。

故事結尾的一段，號稱是來自於一份叫《少將滋幹日記》的歷史文獻，但這份日記是虛構的。虛實互相交雜形成既像筆記考據又像說故事的文本，使得這部作品如此特別，和過去所認定的小說樣貌、小說的寫作方式很不一樣。

要了解《少將滋幹之母》是一部什麼樣的作品，最好的方式是以義大利中古學者，也是傑出的小說家安伯托·艾可（Umberto Eco）的作品當作參考。例如安伯托·艾可的小說成名作《玫瑰的名字》一開頭就是一份像是學者的研究前言，交代解釋他如何取得一份歷史文獻，如何失去了又不斷探索尋找的過程。這段開場和後面的故事沒有直接關係，作用是在於讓讀者誤認為接下來讀到的是確實從十四世紀傳留下來的真實手稿，而不是二十世紀的小說創作。

在《玫瑰的名字》中，安伯托·艾可寫了諸多中古時期修道院的生活細節，將命案與推理破案線索和這些生活細節緊密交織在一起，看起來就更像是當時人所做的紀錄，和學者資料來源解說相呼應。

然而驚人的事實是，《玫瑰的名字》動用這樣的「後設」技巧，寫成於一九八〇年，而谷崎潤一郎以類似手法寫的《少將滋幹之母》早了將近三十年就出現了。

《少將滋幹之母》以筆記形式寫成，帶著高度的鬆散任意性。從書名上看，主角好像是「滋幹」或「滋幹之母」，但開頭卻聚焦在「忠平」這個人物，看起來又像是主要為了找尋、顯示忠平這位好色之徒的種種事蹟。從這裡接上了《源氏物語》以及平安朝以降的日本傳統文學形式。

《源氏物語》分成一帖一帖，差不多每一帖寫的就是光源氏的一段情史。將這一段一段連接起來，呈現出一個「好色男」的傳奇。江戶時代有名的作品，井原西鶴的《好色一代男》就是承襲這個傳統，卻將背景換到庶民生活中，角色也脫離了貴族身分，表現出介於浮世繪與春宮畫之間的一種趣味。

在《源氏物語》中最特別之處在於光源氏好色，但首先他自己是美男子，是女人眼中羨慕渴欲的美色。文章中不時流露出從女人的眼中偷看光源氏之美的感受。而不論是女人看男人，或男人看女人，在那個時代的貴族環境中，都有重重阻礙，因而只能得到迷迷濛濛的印象。然而如此的情境與距離，卻無礙於男女在陰翳黑暗中偷情。至少從《源氏物語》中看來，男女都充滿偷情的強烈欲望，也有很多偷情的機會。

男人通常透過簾子看女人，和女人相處一室時女人也都藏在暗處，乃至於就算發生了肉體關係，往往都不見得真的知道女人究竟長得如何。於是審美的重點就從最平常的容顏移開了，轉而重視聲音、衣著、走路的姿態，尤其重要的是寫信的能力，包括信中寫的和歌是否有情趣，信上的書法是什麼字體、什麼風格，甚至選用了什麼信紙等等。

女人都傾慕光源氏，他好色很容易得手，但他卻常常好奇有過一次、兩次，甚至多次偷情經驗的女人到底長什麼樣子。

芥川龍之介曾經評斷：和他同輩的作家中，只有谷崎潤一郎是對日本古文學最熟悉且精到的一位。因為這個背景，所以他會發展出明確的「和文體」主張，會寫出《陰翳禮讚》這樣的書。

《陰翳禮讚》描述了日本的傳統建築所形成的空間結構，在光影配置上的特色，正在於保留、乃至於創造了許多「陰翳」之處，而且「陰翳」有其重大的美學與心理功能。在這樣的環境中成長的日本人，必然會產生不同的情感方式，影響他們對於包括異性容貌與肉體的想像、感受。

理解《源氏物語》中如何描寫「好色」，再以《陰翳禮讚》作為價值觀的基礎，我們才比較能夠欣賞《少將滋幹之母》，尤其是其中一段對於忠平如何想方設法要看見和他偷情女性長相的描述。

少將滋幹身分的揭露

「陰翳」兩字在中文裡引起的是負面的感受，谷崎潤一郎卻故意翻轉「陰翳」為日本建築、日本文化中最值得欣賞的特質。只有當人將自己放置在有限的光亮中，才產生了必須由主觀想像強烈介入去補足、去建構起來的印象。那就不是客觀存在的美，而是個人以陰影中模糊迷濛的輪廓意象去再造出來的獨一無二的美。雖然來自於自我心象的參與打造，但那個形象在陰影中產生一種居於物我之間的特殊吸引力。

《少將滋幹之母》中從「好色男」忠平牽到另一個平安朝確有其人的左大臣時平。左大臣是極高的官位，有很大的權力，而如此位高權重的時平也是個美男子。更進一步，在《少將滋幹之母》小說中登場時，時平剛鬥倒了他在朝中的主要政敵，被他鬥倒的是個年紀比他大了將近三十歲的前輩，得到了天皇賜死的悲慘下場。

時平年輕氣盛，不可一世。透過忠平的眼中描述這位時平，讓人印象深刻。甚至提到了他的政敵死後化為雷神要藉打雷來報仇，時平竟然都有膽識對著雷神怒罵：「我不管你們上面是什麼情況，你敢下到人間來你的地位就不如我，你就要聽我的！」

介紹時平登場後，接著記錄他和忠平的對話。有意思的是像時平這樣一個成功的美男子，在談話中還是忍不住表現出對忠平的豔遇好奇及羨慕的態度。

時平接著向忠平打聽一個人，當時的大納言國經，另外一位朝中高官，他的妻子。這位大納言是個閒官，年紀很大了，快八十歲，但他的妻子竟然只有二十多歲，而且結婚後，大納言七十四歲時妻子還生了一個小孩。

有傳言說大納言的妻子美得不得了，時平沒有見過，所以向忠平打聽。忠平敷衍地說只見過一、兩次，卻經不起時平再三逼問，忠平承認自己也曾和大納言之妻偷情，她是忠平地下情人之一。

顯然不只是時平，連讀者都要在這過程中愈來愈羨慕能有這麼多又這麼奇特豔遇的忠平了。然而接著劇情一轉，我們看到的是時平開始刻意去巴結、拉攏老閒官大納言。

以下將有嚴重劇透。

然後有了這驚人一景。過年時，左大臣親自到家拜訪大納言，大納言樂得將朝中權臣都找到家裡來，擺出宴席。左大臣領著包括忠平在內的一批人不斷向大納言敬酒，灌他酒。天晚了，左大臣表示要回家了，卻看似因為醉酒而連上車都有困難，主人當然就留他住下。左大臣堅持要走，大納言就愈是堅持留客，於是左大臣就藉酒口出狂言——除非大納言用比生命更重要的東西留客……

其實在宴會中大納言就意識到左大臣眼光常常瞥向夫人所在的簾子後面，意圖偷看，到後來愈來愈明顯，幾乎是一直盯著簾子了。大納言一時衝動，就打開簾子，拉住簾後夫人的袖子，剛開始就只見得到那隻袖子，大納言對左大臣說：「這就是對我比生命更重要的東西！」

時平竟然是用這種方式奪妻，讓大納言自己將妻子當作禮物奉上給他，而不是尋求偷情的機會。此時心情最為鬱悶的，是忠平，因為他明白：自己現在雖然能夠和大納言的夫人偷偷來往，然而這個女人一旦被時平奪走，這條路、這種機會就消失了。他感到痛苦不堪，只能寫了一首和歌，在奪妻過程中，趁大納言夫人被送進馬車時，將信塞進夫人的袖子裡。

忠平的情人被搶走了，再也見不到，卻又讓他放不下，然後又發生了和另一個女人的糾葛，更加深他的挫折。

到這時候，書名中的「少將滋幹」才終於登場。他登場時有點可憐、有點狼狽，他就是原來的大納言夫人的兒子，被忠平利用了。忠平見不到情人，也無法通訊息，在困境中想了一個辦法，將他要對現在變成了左大臣夫人的情人傳遞的訊息寫在這個小孩的手臂上，那是一首和歌，然後交代小孩在見到媽媽時將衣袖拉起來，顯現出那首和歌來。

滋幹見到了媽媽，照著忠平的吩咐做了，媽媽看完他手上的和歌，將原來的句子洗掉，寫上一首新的和歌做為對忠平的答覆。滋幹成了忠平和情人間的祕密信差。

滋幹其實要見到媽媽也沒那麼容易，他和被奪走妻子的老爸爸住在一起，而且這個老人承受了很大的痛苦。小說中寫到老爸爸不太理滋幹，滋幹卻對爸爸很好奇，因為爸爸可以連續好幾天打坐，動都不動。真的可以這樣都不動嗎？滋幹忍不住在夜裡去偷窺，卻發現爸爸起身走了出去，兒子就跟蹤在後，爸爸竟然走到了一片亂葬崗，從地底下挖出一具腐爛的女屍，在月光下身體裡的內臟都露出來了，連爬在上面一隻一隻的蟲都看得清清楚楚。

爸爸像是專程到那裡去盯著這既恐怖又噁心的畫面看。然後突然爸爸轉過身，原來他早知道兒子跟來了，他要兒子也過去看，世間所有的女人不過就是如此，一副臭皮囊，沒有什麼值得留戀的。

這一景反而表現出大納言最深切的痛苦，他仍然迷戀那個年輕的妻子，痛苦到無法忍受，只能用如此激烈的方式來減輕思念與依賴。

到了小說快結束時，才引用了少將滋幹的日記，顯示在漫長時間中滋幹都見不到媽媽，等到媽媽也老了，出家進入佛寺，左大臣也去世了，他才在一個荒蕪的環境中又再見到媽媽。

筆記式的小說並沒有明確的主題，也沒有明確的主角，雖然取名為《少將滋幹之母》，但敘述不斷流動轉變，沒有停留在任何人、任何關係上。

《夢浮橋》的起點與終點

我們可以這樣理解《細雪》到《少將滋幹之母》的創作軌跡。更早思考、撰寫《陰翳禮讚》時，谷崎潤一郎已經開始尋找日本傳統美學的特性。《源氏物語》啟發了他對於這份美學的來源有了掌握，於是在《細雪》中他設計了一種非西方小說的方式來寫當前的日本題材。以西方小說形式規範來看，《細雪》最大的特色或說最大的問題在於缺乏明確的情節，沒有戲劇性的推動力。唯一最戲劇性的事件，只有大水中板倉之死，但如此單一事件絕對不足以支撐那麼長的一部小說。

《細雪》鋪陳的是眾多生活上的細節，而不是西方小說所依賴的敘事動能。《貓與庄造與兩個女人》中福子兩次私奔，都鬧到上報，看起來和《細雪》中的妙子很像，是妙子的原型。不過比對一九三六年時寫福子，到一九四六、四七年寫妙子，我們可以清楚看出谷崎潤一郎的變化。福子仍然是「惡魔」概念下的產物，是一個欺負男人的強勢女人，用來彰顯像庄造這樣被欺負的男人；但到了寫《細雪》

時，他給了妙子同情的骨肉，建立成了一個立體的人物。

妙子會做出和奧畑私奔而上報的事，但重點是而後她的生命還要再延續下去，谷崎潤一郎繼續記錄了她和奧畑的感情糾結，到後來經歷板倉之死，再到懷孕引出另一個男人。她是一個有欲望、追求自由的女人，無法忍受被本家及其他條件約束，很真實的一個女人，不是惡魔，也和惡魔的惡性無關。

再到《少將滋幹之母》，那就要從形式到內容都更進一步向日本傳統寫作傾斜。谷崎潤一郎刻意以筆記為外表框架，寫出徹底逆反西方小說的作品，卻沒想到誤打誤撞，今天看來卻像是二、三十年之後在西方流行起來「後設小說」的先驅。

谷崎潤一郎和《源氏物語》的糾纏還持續著，用了更長的時間，在一九六四年完成、出版第三個譯本。在這過程中，一九五九年，他發表了小說《夢浮橋》，標題直接取自《源氏物語》的第五十四帖。

小說開頭先是一份手稿，上面是讀完《源氏物語》最後一帖「夢浮橋」之後寫的一首和歌。故事則開始於疑惑這份手稿究竟是誰寫的？敘事者的生母寫的，還是他的父親寫的？

從這裡引出敘事者的特殊身世遭遇。五歲的時候他生母便去世了，以至於他對生母的記憶很模糊，印象也不深。父親後來娶了繼母，又刻意地要將他對於生母的記憶印象和後母混淆，後母進門後用前妻的名字來稱呼新妻子，又讓兒子恢復原先和母親一起睡的習慣，去和後母睡在一起。他本來吃母奶，後母進門後也讓他吃奶，一直吃到長大。

這種作法甚至極端到，後母生下了一個弟弟，都被他父親送走，不要弟弟來影響後母對前妻留下這個兒子的愛與關照。弟弟被送走時他已經長大了，他很在意，還曾經費心去找，才發現父親驚人的決心，並不是將弟弟送到親戚家，而是送到很遠的地方去。

父親去世前跟他交代兩件事。第一，要用父親對待母親的方式對待母親，第二，要娶妻，而娶妻不是為了自己而娶，是為了要服侍母親。經歷了父親的葬禮到他自己的婚禮，卻發現親戚愈來愈疏遠。他納悶了一陣子，後來得知了令人震驚的原因。

原來親戚間盛傳被送走的小孩不是父親和後母生的，而是他和後母亂倫的結果。到這裡，小說正式連結上了《源氏物語》。

「陰翳」關係的深刻凝視

《源氏物語》中光源氏有數不清的情人，不過他最為深情投注的對象，卻是他父親桐壺天皇的妃子藤壺宮。他和名分上應該是後母的藤壺有亂倫關係，甚至還生下了一個兒子，後來這個兒子繼承了大位成為天皇。這是貫串《源氏物語》眾多零散情史故事底下的一個驚人的祕密。

更讓人印象深刻的是《源氏物語》的寫法。這部龐大物語作品開場時，光源氏和藤壺偷情亂倫的事就已經發生了，因而產生如此奇特的對比。多少光源氏的露水姻緣都在書中詳細記載，偏偏是對他來說最不一樣、最難忘、最主要的一場戀情沒有現場、當下的描寫，他如何愛上藤壺，如何和藤壺接近，如何使得藤壺懷孕，都只有在事過境遷的發展與回憶中，朦朦朧朧地呈現。

從《源氏物語》的呈現方式看，光源氏的其他情感都放在明處，最重要的一段則在「陰翳」暗影中，正因為最重要，所以放在「陰翳」中，也可以倒過來看，必須放在「陰翳」中才能凸顯和其他可以明白描述情史間的絕對差異。

用這種方式書寫，反而讓古遠平安朝的愛情帶上了一種現代性。光源氏是精神分析的案例，他最深刻、最強烈的感情投注在禁忌的對象上，在壓抑中，他只能尋找替代對象，而替代的對象永遠和那禁忌不能接近的不可能有同等的吸引力，於是他不斷流轉在不同女人身上，為了尋求那永遠得不到滿足的禁忌之愛。投射的替代品愈多，他對那個禁忌對象的執迷與依賴就愈深，如此形成惡性循環。

谷崎潤一郎用《夢浮橋》明白指涉《源氏物語》中的這份「陰翳」情感。小說中的敘事者同樣必須壓抑和後母之間的感情，以至於到後來連他以第一人稱呈現的敘述都讓讀者不能照單全收，我們不知道、不確定他是不是真的和後母曾經有過不能說、連對自己都不能承認的亂倫之愛。

《夢浮橋》中後母後來被毒蜈蚣咬死了，而敘事者強烈懷疑毒蜈蚣是他妻子的謀殺工具。懷疑後母被妻子毒殺了，他再也無法忍受和妻子在一起，兩人分開了，他去將弟弟接回來，而他對待弟弟的方式，完全就是一個爸爸對兒子的照顧撫養。

到這個時候，《源氏物語》已經徹底進入谷崎潤一郎的生命，改變了他對感情、家庭、乃至於小說創作的看法。和松子夫人進到他生活中之前相比，他變成了另一個人——一個執迷於「陰翳」的人，對於人間「陰翳」關係的深刻凝視者。

「陰翳」之處我們看不清楚，卻不會因此就可以不看，或不能看。「陰翳」應該有被看待、被感受、被關照、被表現的特殊方式。谷崎潤一郎在這方面認真努力地探索著。

從「奇情」到「陰翳」

從《貓與庄造與兩個女人》開始，谷崎潤一郎從原來的「奇情」走出來，逐漸走向真情，並且進行其獨特「陰翳觀」寫作試驗。《細雪》是這過程中攀升的最高峰，他將「陰翳書寫」的原則在這部作品中推到淋漓盡致，將適合擺放入這種「陰翳」視野中的材料都用進去了，以至於寫完《細雪》之後，他又面臨了一次創作的瓶頸。

寫《夢浮橋》時谷崎潤一郎已經進入晚年，作品中出現了長大的兒子去喝母奶的描述，他似乎又回到了早先的「奇情」手法上，試著將「奇情」和「陰翳」予以結合。

我自己認為谷崎潤一郎的創作中有那麼一段最為光耀的時刻，從娶了松子夫人，起筆翻譯《源氏物語》並寫《貓與庄造與兩個女人》開始，到一九六〇年他第三次翻譯《源氏物語》為止。《源氏物語》和松子夫人家族故事能提供他的能量逐漸耗光了，所以到了《夢浮橋》這個光耀的階段也就結束了。

谷崎潤一郎三次翻譯《源氏物語》本身是很大的成就，但那不單純是翻譯工作，就像村上春樹翻譯錢德勒或卡佛，其中有更強烈、更深刻的創作意義。谷崎潤一郎最好的作品，都是在他翻譯《源氏物語》的過程中同時寫出來的。翻譯《源氏物語》之前他寫的是另一種小說，等到第三次譯完《源氏物語》，不可能再繼續翻譯《源氏物語》了，他的小說又倒退回年輕時候的那種比較誇張奇情的風格。

不論是在想像力的運用，或小說技法的難度上，谷崎潤一郎前後期的作品，都遠遠不及中期。他在日本近代文學史上的地位，因而也就是將受到西方強烈影響的明治、大正時期文風，大力地朝日本傳統扭轉。加入了由《源氏物語》所代表的傳統元素，而得以寫出比「自然主義」與「私小說」主流更豐富更有創意的日本小說——具備有日本美學特色與日本精神的小說。

谷崎有一種精神性的敏感，來自日本傳統的敘事與文體，來自他自己摸索出的美學意識。這樣的精神性敏感，我們也會在芥川龍之介的作品中感受得到。不過芥川龍之介以更風格化的方式刻意挑逗這份敏感，有意識地將日本傳統中的精神敏感和現代性的精神混亂結合在一起。芥川龍之介的個人風格因而比谷崎潤一郎更強烈，更在意於創造一種獨特的現代性語法，以他的語法給日本讀者、日本文壇帶來了強烈的震撼衝擊。

第五章
獨一無二的京都精神

消失中的京都精神

在台北「誠品講堂」講夏目漱石與谷崎潤一郎作品時，我剛好又在櫻花季之前去了一趟京都，很自然地就想起《細雪》書中描寫賞櫻的那一段，難免將小說所描述的和我眼前親見的，進行對比。

過去二十年間，我已經算不出來到過京都多少次了，基本上每年都一定會去

一、兩次，作為生活中最奢侈的調劑。不過那一次去京都，有很不一樣的心情，必須讓自己先做好一番有點悲壯的心理準備。

之所以喜歡京都，之所以一再「回到」京都，正因為這些年在經歷台灣翻天覆地大變化時，特別感受到京都相反的特性。對很多像我們這樣的人來說，京都很神奇，提供了一種稀有的安心力量，讓你感覺到有一些美好的事物可以抗拒潮流，可以不陷入現實庸俗，一直存在，不會變質，不會敗壞。

然而這些年京都在改變，而且不是朝好的方向改變。京都有了愈來愈多的觀光客，不只是愈來愈擁擠，而且觀光客自身形成了一個現象，常常硬生生橫插在原有的美好不變的京都經驗中。

連京都都無法保持不變了。我必須承認這個事實，並且用不同的方式來面對與處理這個事實。過去處理的方式很簡單，我所知道的京都夠大，可以讓我輕易地躲開觀光客，不必然要在櫻花季或楓葉季去造訪京都，即使是觀光旺季去了，我都還是可以找到像櫻花季的金戒光明寺或楓葉季的無鄰庵等許多觀光客不會到的地方，安靜遊逛。

然而因為這樣的態度，就使得我女兒有了很怪很扭曲的京都經驗。從她有記憶以來到過京都很多次，可是跟同學、朋友聊天時，她的京都體驗卻和別人對不上。別人必然聊到清水寺、二年坂、金閣寺、銀閣寺……她都沒有什麼印象，都是我認定為觀光客人擠人的景點，而盡量避免不去的。

這樣不對吧！所以那次我下了決心，不管有多少觀光客，不管會是什麼樣的景況，我都還是該帶著女兒再去造訪一次這些熱門景點。先做好了準備，在記憶中的庭園、建築、歷史印跡上試著疊影上滿滿的觀光人潮，去除原先沉靜的聽覺氣氛，添加上必然吵鬧不已的各種人聲。

而且做好心理準備，絕對不要忍不住對女兒發出那種討人厭的感慨之語：「啊，這裡以前如何如何」，「啊，有什麼什麼妳現在再也看不到了」。

我以為自己做了足夠的準備，然而重新跨入銀閣寺，就有一個景象讓我打破了自己的禁令，還是發了感慨。那是一個很小很小的細節，在銀閣寺的庭院裡，步道上用一塊簡單的石板搭在窄窄的流水上，讓人可以走過去。但是現在為了應付眾多的觀光客，原本的石板兩端被用水泥墊高了，又在石板上加蓋木板，木板上又搭上扶手欄杆。

我忍不住告訴女兒，希望她在自己的心靈之眼上做一番減法，還原現在不可能再見到的那方簡單、純樸的石板，認知那看似如此簡單、純樸的石板，其形狀是如何巧妙地與整個地與水的關係融合在一起。在那裡，就在那擺著石板的地方，顯現著銀閣寺庭院的根本美學精神。

現在消失不見了。

清水寺的和服體驗團

還有更恐怖的經驗在清水寺等著我。從清水道走上去，我早有會遇到擁擠人群的預期，然而我真的沒有想到會看到那樣奇怪的人。一堆一堆、一群一群穿上日本傳統服裝的觀光客。他們身上穿的是廉價布料做成的，介於浴袍與和服間的古怪衣服，手上掛著搖搖晃晃的傳統提包，腳上穿著顯然讓他們不知該如何走路的夾腳鞋。

真是怪到了極點。那原本是日本文化中用來彰顯女性姿態之美的衣裝，此刻突然穿在完全沒有辦法駕馭這些特殊衣著的人身上，反而凸顯了他們身體的笨拙與粗鄙。那非但不是美，變成了一種不自知的惡形炫耀。衣服是廉價的、粗俗的，衣服和身體動作兩相不搭，讓人看起來更是不舒服。

"What an eyesore!"我忍不住在心中驚呼著，更讓我心情低落的是，從迎面而來聽得到的話語，我知道這些大部分都是台灣人。原來這是台灣觀光團的新流行，讓觀光客「體驗」日本傳統服飾，讓大家可以留下穿和服的特別照片。

這真是我沒有預期、沒有防備的。這些人開開心心想的，是自己可以拍下什麼樣的照片傳到臉書、IG上炫耀，他們完全沒有想到的，是自己到底顯現在外面是什麼模樣，在別人眼中究竟呈現了什麼。他們無法察覺自己穿了什麼，應該如何配合衣服、配合這衣服背後的美學動作，他們更沒有意識到自己的模樣和附近環境形成了什麼樣的關係。說得更明白些，他們竟然可以完全沒有意識到：特別跑來京都觀賞美景，卻讓自己成了破壞美景的一大成分！

根本的問題，就是無心認知京都之所以為京都的美學意義，也無心要在京都領受除了京都就領受不到的一種日本式全景精緻季節環境之美。京都不是理所當然就存在了，就形成了如此特別的美的城市，這中間要有多少貫徹貫通的美學意識進入所有人的生活中，在他們的日常生活裡實踐顯現。

讀《細雪》就能理解，在京都，「花見」是重要的大事，有著重要大事必然帶來的種種考量。他們明確地意識到去看櫻花的同時，自己也進入別人的眼中，成為「花見」現象中的一部分。因而必須選擇最豔美，在顏色花樣上能夠搭配盛開櫻花景致的和服，而且往往是最正式最華麗的「振袖」。穿上了如此優雅的衣裝，必定有配合衣裝帶有特殊韻律的動作，介於動與不動之間的一種姿態。人成為花季環境中的一部分，小心翼翼非但不能破壞花季之美，還要在人與自然的呼應中，增添眾人眼中的美的知覺。

古老與永恆的差異

京都是「古都」，然而京都給人的感覺，不是古老，而是更接近永恆。

古老和永恆的差別在哪裡？雅典、甚至羅馬很古老。去到雅典的衛城，或羅馬的競技場，你會驚呼：哇，這麼古老的歷史遺留，我們好像走進了兩千多年前的世界裡。但同時你明白這是遺跡，和兩千多年前活在這裡的人所經驗的、所感受的不一樣。尤其是雅典衛城，其建築雕刻最美的一部分，早被移到倫敦的大英博物館裡了。那是古老。而且從衛城走下來，你一下子就感覺到周圍環境和那龐大歷史遺跡之間，有著極其強烈的時間差。

而京都最迷人的是眾多的寺廟，然而走進寺廟，卻不會帶來通過時光隧道的感覺。例如要去大德寺，先經過一排寧靜不起眼的小屋，裡面賣的是不知多少年沒有改變過的納豆或精進料理，然後走過停車場，進了大門，是一條石板步道，然後一點一點，各個塔頭院落才逐漸在路上出現。

這時候你不會記掛著這是第九世紀的平安朝還是十七世紀的豐臣秀吉時代，更不會特別意識到我們自己處於二十一世紀而要算一下，我們跟這個環境有多遠的時光差距。

能夠有這樣的環境，必須依賴住在京都的人都有一份自覺或不自覺的美學責任感。懂得體會並珍惜自己活在這麼美的環境中，要讓自己對得起、配得起這樣的美，自己的穿著與行動能夠融入其中，最好能增添景觀之美，至少絕對不予以破壞。

我們作為訪客，被這份美好吸引了，不是也該同樣感染如此的責任擔當，隨時意識到不要成為破壞的因素。不只是不能在牆上石上粗暴刻寫「某某某到此一遊」，最基本地，不要讓自己的視覺或聽覺和環境格格不入，自覺了解是不是因為多了你，而使得原本的景觀減損了秩序與美？

在那一趟的京都旅途中，還發生了另外一些讓我深為感慨的事。我刻意選了櫻花盛開前的日子，以便避開人潮，但真不知道為什麼，即使是那個時間，京都路上都還有那麼多觀光客，而且占最大比例的，應該就是台灣人。我在圓山公園遇到了一群大陸觀光客，龐大的觀光團，吵鬧到恐怖的地步。不過因為還未到花季，大陸觀光團沒那麼多，真正最多的是三三兩兩自由行的台灣人，台灣人不需跟團成團就能熟門熟路走日本。

說老實話，我感覺到作為台灣人的悲哀。因為台灣人在京都街上或風景區的表現令人尷尬，尤其我知道很多台灣人還自以為是地看不起大陸觀光客，那真的只是「五十步笑百步」啊！

去到平安神宮，好多一聽說話聲音（說得很大聲，連想不要聽見都很難）就知道是台灣人在拍照。然而走進「神苑」卻極其安靜，不是因為大家進來這美好精緻的庭院就靜下來了，而是裡面幾乎完全沒有人。那麼多來到平安神宮的台灣人，為的就是在門口的大廣場上拍「到此一遊」照？可以對「神苑」全無興趣？如果不能欣賞庭園，對庭園沒有一種強烈的情感，到底來京都做什麼啊？

像是要用最戲劇性的方式回答我的這個問題，走完「神苑」剛出去，就聽到一個人用台語高聲對同伴說：「沒有葉子也沒有花，要進去看什麼！」顯然，這個人完全不知道日本人強烈的季節感，不了解京都庭園尤其是「神苑」的四季安排，他們只知道要追楓葉或追櫻花那種壯觀的景象，那還是委屈他們來到京都了。

蔦屋書店與誠品書店

在「神苑」裡，我指引女兒看許多植物底下會有的牌子，提醒她那不只是介紹植物品種的，牌子上的文字大部分都摘自《源氏物語》或日本傳統和歌集，用這種方式，將這座庭院和平安朝的環境聯繫起來。

因為女兒好奇，我就選了其中幾塊我讀起來比較有把握的內容翻譯給她聽。沒多久，就發現有一對年輕男女，很有禮貌地一直維持在幾步之外，卻堅持跟著我們。我回頭向他們點頭致意，年輕男生很興奮地問我們是中國人？我說我們是台灣人。他又問我：「你們懂日文啊？」我說我懂一點。他就又很興奮地問：「我們可不可以跟著你們一下，因為你們在說的，我們很感興趣啊！」

雖然這讓我有點不自在，但很難說不啊，本來就沒有權力不准人家走在聽得到我說話的距離之內吧。我也不願意因為有他們跟著所以就不對女兒解釋、討論神苑的設計、規畫，每一區試圖要表現，還有每一區之間的視覺美學呼應，到最後豁然開朗的水上亭閣製造出的空間感，人和自然在一個開闊的空間裡一起呼吸一起經驗時間。

他們一直跟著，慢慢習慣了，也會偶而發些問題，並且閒聊著讓我知道了他們來自上海，男女朋友第一次一起到海外旅行，選擇了京都自由行。兩個人有很好的英語能力，但顯然過去對於日本與日本文化很不熟悉。

走出「神苑」，我跟他們道別，順口問了一聲：「接下來要去哪裡？」男生靦腆地說：還不知道，女生就反問我們要去哪裡。我誠實地說我們要先到旁邊的蔦屋書店休息一下。因為他們完全不懂日語，當然沒有理由要去書店。但男生還是問了一句：這書店有什麼特別的嗎？

這我不能不誠實說，不只是蔦屋號稱是日本最美的書店，而且我對蔦屋書店的來歷有確切的了解。這家連鎖企業原本在日本叫Tsutaya，是最大的錄影帶和CD出租店，很大但是沒有什麼特色，提供的就是方便的服務。在網路時代，這個行業逐漸受到威脅，顯然必須尋求轉型時，Tsutaya的經營者有一次到台灣參訪，去了誠品書店，大受震撼感動。他立即敏銳地感覺到：日本沒有這種書店，而日本應該要有這種書店。

於是回日本之後，他以Tsutaya的漢字名字「蔦屋」成立了新品牌，非常用心，包括多次到台灣向誠品的吳清友先生及其團隊請教取經，然後在東京代官山開了第一家「蔦屋書店」，用完全不同於傳統日本書店的方式注重空間美感，立即聲名大噪，所以也才有機會展店到京都，而且開在平安神宮對面的特殊地段上。

如此說完，他們就又興致勃勃地跟著我們進到書店。我沒有再特別招呼他們，逛了逛書店，就往上走，去樓上的餐廳坐下來喝咖啡。一會兒，那一對上海的男女朋友從樓梯探出頭來，看到我，臉上滿是鬆了一口氣的光亮。還是很客氣很禮貌地過來問：可以不可以請我們喝咖啡表示感謝？我沒有讓他們請喝咖啡，但邀請他們過來一起坐一起喝咖啡。

當然又問到了接下來的行程。我建議他們可以從平安神宮的大鳥居下走過去，直直走穿過東山三條，就能一路經青蓮院、知恩院進入圓山公園和八阪神社。但他們又問我們要去哪裡？我誠實地說，我們到京都太多次了，不會都去熱鬧的景點，接下來要去的是一個很小很小的景點，叫無鄰庵，一般觀光客不會去的。

真的，他們查了手上的中文和英文導遊書，都沒有查到無鄰庵。但他們表現得那麼熱切好奇，我只好跟他們說無鄰庵的來歷，順便解釋我安排今天行程的用意。

日式庭院的藝術

無鄰庵是明治維新重臣山縣有朋在京都的住所。在日本歷史上有特殊的重要性，因為一九〇四年爆發的「日俄戰爭」基本上就是在無鄰庵開始的。和這麼一個歐洲大國發生嚴重衝突，對日本政府來說是空前的大事，於是當時真正有決策權力的重臣們，特別離開了紛擾的東京，齊聚在山縣有朋的京都寓所，決定了和俄羅斯開戰的方針。

這是個歷史現場，從這裡聯繫到明治維新時代的分期，日俄戰爭一方面將日本抬高到歐洲國家都不能忽視的國際地位上，另一方面又將日本國內情況投入了「明治後期」，許多累積的問題在日俄戰爭之後再也無法隱藏，紛紛浮現。

無鄰庵是我們這天下午連續拜訪的第三個景點。先是看了圓山公園大櫻花樹對面的公眾流水庭院，然後去了平安神宮的「神苑」，再到無鄰庵。將這三個地方串接在一起的，是小川治兵衛。三個地方的庭院都出於這位名設計師之手。

然而這三座庭院的狀況又很不一樣。平安神宮的「神苑」保存得最好，幾乎和小川當年設計、剛完工時沒有兩樣，充分顯現了他的意念、巧思。然而無鄰庵的庭院不只比「神苑」小得多，並且在缺乏經費的情況下，呈現奇特的現狀。

我知道很多台灣觀光客去到京都，因為不願「額外」支付「拜觀費」，所以對很多寺廟或故居都選擇只在門口拍照。這是我最不能理解、不能同意的一種做法。京都之美重點中的重點在於隨時保存良好的眾多庭院，那是日本美學生活，連結到綜合藝術表現的核心，去京都最不能省、最不該省的就是那區區幾百日幣的「拜觀費」啊！

像無鄰庵，我那次去發現入園費用漲價了。漲多少？從原先一個人四百日幣漲到四百一十圓！只收你四百一十圓，所以你應該很能體諒，無鄰庵的庭院從右邊進去，到達庭院最裡處，你不能繞到左邊去，只能循原路回來。因為只有右半邊維持著小川治兵衛設計的原狀，左半邊則呈現半荒廢的模樣。

然而那卻是讓我們能夠認知、學習日本庭院設計原理的最佳教室。展開在眼前的，是小川設計前和設計後的兩種景觀。於是你就能具體了解小川如何運用改造水流，如何選擇植物，如何安排人行步道與步行中所見的景致。這是平常參觀任何庭院得不到的一種特殊對比視角。

藉由連續拜訪三個小川治兵衛設計的庭院，我希望讓女兒感受到作品背後的那個人，某種強大的藝術人格力量。他取得了最高的皇家信任委託，承擔「神苑」的設計與建造，也在政界有了像山縣有朋這樣有力的支持者，將京都寓所也交給他設計。然而他最自豪的，卻是設計、完成了今天絕大部分觀光客根本不會留下印象，完全免費的圓山公園公眾庭院。

這塊許多人驀然走過的地方反映了小川的理想，他不想只將那麼精巧的庭院之美給皇家、重臣享受，抱持著當時新興的大眾教育概念，他貫徹文明「公園」的價值，要給予不論階層、不論收入高低的京都市民，都能夠同樣體會細緻景觀的機會。

從近乎完美的「神苑」，到部分還原小川設計構想過程的無鄰庵，我們更能夠想像當時他用什麼樣的方式設計、建構公眾庭院，因為那個他奉獻給京都市民的藝術品現在已經不再是那麼回事了。

那兩位上海來的年輕人，又跟著我們去了無鄰庵，聽了我關於小川治兵衛的這番說明。

拒絕米其林推薦的京都老店

走完無鄰庵，天也快要黑了，再下來就是晚餐時間了。從無鄰庵出來時，我順便指著巷子外的建築，告訴兩位年輕人，那是京都知名的料亭，甚至在谷崎潤一郎的《細雪》中都出現過的「瓢亭」。

上海女生很興奮地就想要去「瓢亭」用餐，我趕緊告訴他們，那不是可以就這樣走進去的餐廳，必須至少一星期前，遇到旺季甚至要幾個月前先預訂。他們有點失望，又問了我們的安排，我們那天訂了在西陣的一家熟悉的店，去京都一定會去的，叫「萬重」。「萬重」的西陣本店當然也必須先預訂，不過「萬重」另外在京都車站的地下室有分店，賣比較簡單、卻絕對不馬虎的便當，如果他們有興趣可以去試試看。

聊著的過程中，上海女生從網路上查到了「瓢亭」驚呼：「那是米其林三星啊！」接著又一連串驚呼，說京都有多少家三星、多少家二星、整座城市總共有多少星星。

這是我不知道的京都。我知道的是和《米其林指南》有不同關係的另一個京都。像是我自己最熟的「萬重」，當年最早「米其林」要做京都餐廳評鑑時，他們就聯合了十幾家老店，很低調卻又很堅決地發了一個聲明，表示他們不希望「米其林」將他們放入評鑑考慮之中，請「米其林」的評鑑員不要來。後來「米其林」仍然給了包括「萬重」在內的幾家老店星級評價，但他們就很簡單地完全忽略，絕對不在任何地方顯示「米其林」星級評價。

別人趨之若鶩努力爭取，這些京都老店卻避之唯恐不及，太矯情了吧！不，他們拒絕「米其林」是有非常堅實的信念與道理的。

這就要講到我在京都的另一個經驗了。又有一次去京都，意外地發現一位香港的朋友剛巧同樣時間也正在京都旅行。我們就相約找一個晚上在京都見面。這位朋友選了一家在木屋町的餐廳，為了怕不好找，就約了先在五條木屋町口碰面再一起走過去。

開心地見了面，他解釋選的這家餐廳是米其林一星，店很小，座位不多，他幾次想去卻很難訂到兩人位子，這次因為和我們一家合在一起，所以訂到六人大房間，終於可以去到了。

走進木屋町，我正要跟他說這裡有一家我們常來的小店，就發現原來他訂位的就是那家店！我們進門結果來迎接我們的，竟然是一個說普通話的大陸女生，原來是香港朋友用英語訂位時他們特別貼心問了客人習慣使用的語言，做了特別的安排。

不過我們進了房間，女主人過來打招呼，認出我們一家是熟客，立即改叫店裡資深的服務生，和我們相識的來服務，還一直道歉表示不知道是我們要來。因為認識，用餐過程中也就和服務生有些互動閒聊。

我用有限的日語盡量合宜客氣地向服務生表示：我之前竟然都不知道他們這家店是米其林一星啊！聽到我的話，當時服務生本來正在桌邊處理大雞鍋，立即將勺子拿起，謹慎莊重地擺放好，然後對我行禮並說：「おねがいします。」為什麼要如此嚴正的拜託，拜託什麼呢？

她拜託我們忘掉了「米其林一星」這件事。因為他們希望每個來店裡的客人都能夠不受影響地來品味他們的食物與服務，還有，「米其林」給了他們很大的困擾，吸引來了很多新客人，往往讓原先的老客人因此而訂不到位子，他們一直為之深深過意不去啊！

這是京都餐廳的服務生，這是京都餐廳看待「米其林」的角度。接下來，資深服務生又說了一段讓我很感動的話，她說：「如果我們做對了什麼，就是我們對了；如果我們做錯了什麼，也是我們錯了，不會因為『米其林一星』而使得錯的變成對的，或對的變成錯的啊！」

話中有一種特殊的精神，一種「自慢」，要成為有品味的餐廳，必須有清楚的自身標準，知道自己在做什麼、為什麼做，而米其林的評鑑員不知道、不了解不同餐廳的自我標準，用他們自己的那一套來評量，意義何在呢？他們要追求的，毋寧是那些理解並認同他們標準的老客人的享受與讚賞。

女性獨有的京都精神

那天晚上，拗不過兩位上海年輕人的熱情，後來我們決定動用熟客的特權，帶他們一起去西陣的「萬重」本店用餐。跟女主人致歉說明後，她很熱情地表示沒問題，只是可能多等幾分鐘讓她來安排。我先進去上廁所，發現有一個較大可以容納六人的房間空著，也就很放心假定我們應該沒有造成人家太大的困擾。

不過在入口處卻坐著等了將近十分鐘，女主人好幾次進進出出忙碌著。她再度出現時我忍不住問她：不是有一間空房嗎？不能讓我們進去？

女主人正色答覆我：那空著的房間是他們的藤花房，現在不是季節。因應季節她要安排我們坐到椿花房裡，在那裡可以欣賞夜裡打光盛開的山茶花，那才是對待熟客的方式啊！

這又是京都老店的講究。在不同的季節裡，不同的房間有不同的排行順序，每個房間面對庭院裡不同的景致，而房間裡的擺設與牆上的字畫、瓶裡插的花都是仔細配合的。

我所領略的京都，那樣的細緻講究，和谷崎潤一郎的《細雪》真的有很密切的關係。谷崎潤一郎重要的創作背景，是從《源氏物語》而來的平安朝貴族生活氣氛。從西元八世紀末開始，後來經歷了室町時代、度過了戰國紛亂，再到德川幕府的長期統一，這樣的一種文化美學態度，竟然不絕如縷，持續存在，而且從原本的貴族階層滲透到一般的庶民生活意識中，至少是關西人的生活意識中。

看起來如此細緻纖弱的文化，卻在歷史中明確地顯示了其強韌的性質。京都清水寺、金閣寺、銀閣寺、嵐山的竹林道，現在被觀光客肆虐到近乎面目全非了，然而京都還有大德寺、二尊院、清涼寺等等眾多觀光客不會去，沒有耐心與品味體會其美好的地方，還是會一直在的。像高台寺如此熱門的觀光景點，他們卻也必然保留了對面刻意維持冷清的別院，在那裡只對少數有心的客人展示精巧的庭院以及特殊的屏風畫作品。

這樣的文化力量，甚至也會保留在大阪商人蒔岡家中，那就是《細雪》要示範、表現的一個主題，而且主要是保留在這家庭裡的女人身上。《細雪》故事部分的原型來自谷崎潤一郎第三任妻子的家族，他們家裡有五個女兒，但那貫串的強烈精神毋寧更是從《源氏物語》中繼承下來的。

谷崎潤一郎要在小說中呈現：平安朝遺留的這種貴族美感文化，不是由父系，父親傳給兒子，這樣傳下來的。如此對於美感的細膩追求與保存，只能以女性為中心。女性才是這種貴族文化能夠傳留下來的主要因素，以至於到了現代，在滔滔巨大變化浪潮襲擊下，一些女性或自願或被迫的，不得不挺身成為這套文化美學意識的保衛者。

像一直到現在我會在京都遇到的餐廳、旅館女主人、女服務生，她們那種態度背後有著傳統文化美學的支撐，才能顯現得如此優雅卻又堅定。

谷崎潤一郎年表

一八八六年	出生	出生在東京，為家中長男。
一八九四年	八歲	明治東京地震，成為受災戶，自此恐懼地震。
一九〇八年	二十二歲	進入東京帝國大學就讀文學。
一九一〇年	二十四歲	參與第二次《新思潮》雜誌的活動，發表短篇小說《刺青》、《麒麟》；同年輟學。
一九一五年	二十九歲	與石川千代結婚，為其第一段婚姻。隔年長女鮎子出生。
一九一八年	三十二歲	前往朝鮮、滿洲與中國旅行；發表短篇小說《小小王國》。
一九一九年	三十三歲	父親過世，遷居東京都本鄉區後又搬家至神奈川縣小田原，與佐藤春夫開始密切交往。

一九二一年	三十五歲	與佐藤春夫發生轟動文壇的「小田原事件」。佐藤見谷崎外遇冷落妻子千代，自己卻又愛上朋友妻，進而向谷崎提出讓妻要求。谷崎答應後卻又反悔，兩人因此交惡，佐藤遠走他鄉。
一九二三年	三十七歲	發生關東大地震，移居關西。而後陸續又搬了將近二十次家。
一九二四年	三十九歲	發表長篇小說《痴人之愛》。
一九二七年	四十一歲	芥川龍之介撰寫了一篇文章討論以情節為主的小說是「不可取的小說」，並引谷崎潤一郎為例，兩人因此發生論戰。同年芥川龍之介自殺身亡。
一九三〇年	四十四歲	與第一任妻子千代離婚，千代改嫁佐藤春夫。三人於《朝日新聞》共同發表公開信說明，「讓妻事件」震撼文壇。
一九三一年	四十五歲	與古川丁未子結婚。同時戀上森田松子。
一九三三年	四十七歲	與丁未子分居，發表短篇小說《春琴抄》、隨筆集《陰翳禮讚》。
一九三四年	四十八歲	與第二任妻子丁未子離婚；發表《文章讀本》。

一九三五年	四十九歲	與森田松子結婚，為其第三段婚姻。同年開始翻譯《源氏物語》，於一九四一年發表。
一九三六年	五十歲	發表《貓與庄造與兩個女人》。
一九四三年	五十七歲	於《中央公論》雜誌上開始連載《細雪》（上卷），卻遭查禁。
一九四八年	六十二歲	完成《細雪》（下卷）。
一九四九年	六十三歲	正式完整出版《細雪》，以此作獲得每日出版文化賞及朝日文化賞；同年獲頒日本文化勳章。開始發表《少將滋幹之母》。
一九五一年	六十五歲	發表第二度翻譯《源氏物語》的譯本《谷崎新譯源氏物語》。
一九五六年	七十歲	發表長篇小說《鑰匙》。
一九五九年	七十三歲	發表小說《夢浮橋》。
一九六〇年	七十四歲	獲得諾貝爾文學獎提名。
一九六一年	七十五歲	發表長篇小說《瘋癲老人日記》，而後以此作獲得每日藝術大賞（一九六三年）。
一九六四年	七十八歲	發表第三度翻譯《源氏物語》的譯本《谷崎新新譯源氏物語》。
一九六五年	七十九歲	因腎病辭世。

GREAT! 7204

陰翳的日本美：楊照談谷崎潤一郎

日本文學名家十講2

作者	楊照
封面設計	莊謹銘
協力編輯	陳亭妤
責任編輯	徐凡
國際版權	吳玲緯
行銷	闕志勳　吳宇軒　余一霞
業務	李再星　李振東　陳美燕
總編輯	巫維珍
編輯總監	劉麗真
總經理	陳逸瑛
發行人	凃玉雲
出版	麥田出版 地址：10483台北市中山區民生東路二段141號5樓 電話：(02)2500-7696 傳真：(02)2500-1967
發行	英屬蓋曼群島商家庭傳媒股份有限公司城邦分公司 地址：10483台北市中山區民生東路二段141號11樓 網址：www.cite.com.tw 客服專線：(02)2500-7718｜2500-7719 24小時傳真專線：(02)-2500-1990｜2500-1991 服務時間：週一至週五09:30-12:00｜13:30-17:00 劃撥帳號：19863813 戶名：書虫股份有限公司 讀者服務信箱：service@readingclub.com.tw
香港發行所	城邦（香港）出版集團有限公司 地址：香港灣仔駱克道193號東超商業中心1樓 電話：+852-2508-6231 傳真：+852-2578-9337
馬新發行所	城邦（馬新）出版集團【Cite(M) Sdn. Bhd.】 地址：41-3, Jalan Radin Anum, Bandar Baru Sri Petaling, 57000 Kuala Lumpur, Malaysia. 電話：+603-9056-3833 傳真：+603-9057-6622 讀者服務信箱：services@cite.my
麥田部落格	http://ryefield.pixnet.net
印刷	前進彩藝有限公司
初刷	2022年01月
初版二刷	2023年07月
售價	300元
ISBN	978-626-310-135-7

國家圖書館出版品預行編目(CIP)資料

陰翳的日本美：楊照談谷崎潤一郎（日本文學名家十講2）／楊照著 -- 初版. -- 臺北市：麥田出版：家庭傳媒城邦分公司發行，2022.01
面；　公分. --（Great! ; RC7204）
ISBN 978-626-310-135-7（平裝）
1.谷崎潤一郎　2.傳記　3.日本文學　4.文學評論
861.57　　110018331